一个人的二十四节气

孙凡迪 著

时代出版传媒股份有限公司
安徽教育出版社

图书在版编目（CIP）数据

一个人的二十四节气 / 孙凡迪著. —合肥：安徽教育出版社，2023.9(2025.8重印)
ISBN 978-7-5336-9766-2

Ⅰ.①一… Ⅱ.①孙… Ⅲ.①散文集－中国－当代 Ⅳ.①I267

中国版本图书馆 CIP 数据核字（2022）第 135958 号

一个人的二十四节气
YIGE REN DE ERSHISI JIEQI

| 出 版 人：王能玉
| 策划编辑：何　客
| 责任编辑：金　雯
| 装帧设计：王莉娟
| 美术编辑：吴亢宗
| 责任印制：陈善军

出版发行：安徽教育出版社
地　　址：合肥市经开区繁华大道西路 398 号　邮编：230601
网　　址：http://www.ahep.com.cn
营销电话：(0551)63683015，63683016
排　　版：安徽时代华印出版服务有限责任公司
印　　刷：安徽新华印刷股份有限公司

开　　本：880 mm×1230 mm　1/32
印　　张：8.5
字　　数：171 千字
版　　次：2023 年 9 月第 1 版
印　　次：2025 年 8 月第 3 次印刷
定　　价：68.00 元

（如发现印装质量问题，影响阅读，请与本社营销部联系调换）

序 时间的声音

路文彬

常在电视屏幕前观看孙凡迪讲述全国的天气,根据她的讲述安排出行,没想到,今天又读到了她对于二十四节气的书写。从立春写到大寒,从故宫的雨写到京都的樱,让我看见一个俏丽的身影或者静止或者飘移,在时光中,在往事里。她在阅读,她在沉思,总之,她在倾听。所以,这个身影始终是寂静的,即便在行走,即便在歌吟。

显而易见,孙凡迪是极懂得与时间相处的人。她知道,作为自然节律变化的节气就是时间的声音,唯有沉默和聆听方能真正理解时间的存在。时间不需要去认知,它的存在首先是被感知。难以想象,一个感觉迟钝的人竟能领会时间的柔情。时间之于他仅仅就是死亡,而死亡只能令其深感恐惧。

发现了二十四节气的中国人是自然的知音,更是时间的知音,被后者赋予的无限深情致使他们对时间总是恋恋不舍。故此,他们喜欢久长,渴望永生。但这并不意味着他们惧怕死亡,死亡带给他们的不过是别离的感伤。毕竟,生命之于他们如同一场难得的团圆,因而死亡的散场成了难以承受的分离之痛。

说中国人的喜欢延年益寿是贪生怕死,那或许实在是一种误会,倒不如说它是对生命的敬畏以及对时间的追随。也有可能,它更是基于对生命的某种责任感,就像我的长篇小说《流萤》里的那个少年最后用诗行留下的遗嘱：

> 在死亡的悲泣里
> 我终于看到生命的欢颜
> 就是在这一时刻
> 我意识到向死的挺进有多么艰难
> 生不过是为了完成死的梦想
> 死用它的圆满成全了生的匮缺
> 这是结束当然也是开始
> 它让我忆起临世的第一声啼哭
> 然而，我仍不想死去
> 那不是因为我对生的眷恋
> 而是因为生对我的依赖
> 我不想背负自私的罪名
> 去投奔死亡的宽容
> 我无愧于生亦应无愧于死

江淹曾经慨叹："黯然销魂者，唯别而已矣。"最让他绝望的是，纵使能有生花妙笔，又有"谁能摹暂离之状，写永诀之情者乎"！时间不可言说，只可追随，但结局却永远是半途而废。于是，感受着时间亦即是感受着绝望。但，这绝望生生不息，因为时间无穷无尽。所以，中国人的悲观始终与乐观并驾齐驱。说他们乐观，他们对人生却有无尽的哀愁；说他们悲观，他们又有孩童般的宽宏和释然。

既然绝望在这里是时间性的，不是空间性的，那么他们的绝望注定和欲望无关。他们的生命无以停滞或占有，唯有流动和逝去。基于此，他们终将无法理解西方人"刹那即永恒"的说法，正如齐奥朗所言："所有人都有同样的缺点：他们等待着生活，因为他们没有每一瞬的勇气。为何不在每个瞬间投入足够多的激情，使之成为永恒？我们都是只有在不抱任何期望的时候，才能学会生活，因为我们并不活在活生生的当下一刻，而是活在一个模糊而遥远的未来。除了当下一刻的提示，我们不应该等待任何东西。我们应该意识不到时间地等待。在当下之外，没有救赎。"（《在绝望之巅》）

然而，对很多人来说，当下的瞬间没有意义，既无变化亦无关联，完全是脱离了时间的某种孤立状态。也许，它仅对欲望的驻留能有些许成全。时间盛放不了欲望，它只为变化和关联而在。这变化和关联就是中国人格外看重的情感，它更多地表现为心中的牵挂，以及因牵挂萌生出的浓重愁怨。对此，我曾在《视觉文化与中国文学的现代性失聪》一书里进行过相关论述："牵挂的情感也就是海德格尔所说的'操心'，是一种朝着未来向度的时间性存在，因为'时间性绽露为本真的操心的意义'。'操心是向死存在'，是关于时间的焦虑；同样，愁怨把空间的焦虑转化为了生命本身的意义。它是现时的，更是未来的，借助对于现时／现实的不满，表达着之于未来／彼岸的关怀。作为一种忧郁的美学气质，愁怨是人间历史的感慨和承担，是关于生命的记忆与坚持；它把过去、此刻以及未来整合为一股鲜活的力量，让此在于时光中扎下根来。"牵挂是此刻的，是此刻指涉着过去及未来。无论缺少过去抑或缺少未来，都不可能使牵挂由衷产生。

与西方尤其不同的是，我们这种源于时间性的牵挂和愁怨主要是一种情绪层面的体验，它在本质上是乐感的，回避了认知层面的痛苦。就拿节气而言，那之于我们本就不是来自认知，乃是缘于我们对自然的牵挂，以及对时间的倾听。所谓伤春悲秋体现的正是这样一种牵挂和倾听，恰如春分时节在欧阳修心头激起的万千情思："雨霁风光，春分天气。千花百卉争明媚。画梁新燕一双双，玉笼鹦鹉愁孤睡。薛荔依墙，莓苔满地。青楼几处歌声丽。蓦然旧事心上来，无言敛皱眉山翠。"(《踏莎行·雨霁风光》)

至于秋日来临，它在纳兰性德那里牵引出的同样也是愁肠百转："盼银河迢递，惊入夜，转清商。乍西园蝴蝶，轻翻麝粉，暗惹蜂黄。炎凉。等闲瞥眼，甚丝丝、点点搅柔肠。应是登临送客，别离滋味重尝。/疑将。水墨画疏窗，孤影淡潇湘。倩一叶高梧，半条残烛、做尽商量。荷裳。被风暗剪，问今宵、谁与盖鸳鸯。从此羁愁万叠，梦回分付啼螀。"(《木兰花慢·立秋夜雨送梁汾南行》)

无论伤春还是悲秋，皆不是之于季节的主动认知，乃是被动的感悟。这感悟是回应性的，而回应又何尝不是生命的一种本质？没有倾听便没有回应，没有回应即不能称其为生命。从这一意义说来，我们古人的存在恰似植物般的存在，所以才格外敏感于四季的更迭轮回。原来，他们终生固守于大地一角，只是为了深切体会时间的静默流转。

　　毫无疑问，《一个人的二十四节气》亦是孙凡迪一个人的牵挂与愁怨，但耐人寻味的是，我们却能从中听到一个民族的心灵细语及其历史回声。

2022 年 8 月 10 日　威海海宴台

春 之 云中杏蕊

立春小趣 —— 〇〇四
雨水之伤 —— 〇一二
惊蛰之爱 —— 〇二〇
智慧春分 —— 〇二六
任性清明 —— 〇三二
谷雨不语 —— 〇四〇

夏 之 气静崇兰

立夏如你 —— 〇五〇
小满则满 —— 〇五六
芒种很忙 —— 〇六六
夏至未至 —— 〇七二
小暑很神 —— 〇八〇
大暑淋漓 —— 〇八八

秋之 桂魄凝霜

立秋悠然 —— 一〇〇
处暑而肃 —— 一〇六
白露残芳 —— 一一六
秋分之分 —— 一二四
寒露精神 —— 一三六
霜降之门 —— 一四四

冬之 天地厚德

立冬，素以为绚 —— 一五二
小雪，轻如初恋 —— 一六〇
大雪，寂然如馨 —— 一七〇
冬至，天地厚德 —— 一七八
小寒，岁华含新 —— 一八六
大寒，寒尽春归 —— 一九二

去旅行
踏着节气

雨水，故宫寻雨 —— 二〇〇
惊蛰，叫醒巴黎的阳光微雨 —— 二〇六
春分，江南金黄一脉香 —— 二一六
给樱花一点爱的时间 —— 二二四
谷雨心无惧 —— 二三二
普罗旺斯，寻香而往 —— 二三八
小满，云起麦酒香 —— 二四六
后记 —— 二五二

春之

云中杏蕊

立春小趣

立春了，有的人醒了，有的人还在睡。

立春和真正的春天，其实还差着好几次夜色温柔的想念。

雪，不一定总会醒来在节气之间，却片片都揉碎在我们心田。2022年上半年北京下了好几场雪，最大的那场留在了立春。情人节的前一天，那场漫天的飞雪和好多人心头的牵绊做了交换，或许你是他抬头正好要想起的人。事实上，北京的雪并不是每年都这么奢侈，2018—2019年就走过了一个彻底无雪的冬天。

从2018年立冬到2019年立春，雪从东北下到江南，精力充沛、雨露均沾到了各个地域城市，连南飞的候鸟，都以为飞反了方向。但是，雪，就特别巧妙地、计划性地避开了北京。当年冬天我们更多的是好奇和纳闷，怎么就真的百日无雪，寂寞过冬了呢？

如果说得下一场雪，才算是个名副其实的冬天，那么北京的这个冬天真的是偷工减料的。虽是未完成，却难以持续，因为春天就要来了。有一天睁眼好像忽然就闻到了春天的味道，所以想趁着休息好好犒劳一下严肃了一冬的肠胃。虽然嘴边的冬天感觉才只啃了一小口，没有雪，就好像手里没有书籍，生活没有诗歌。但，那也只能放下了。因为春天早已在我们看不到的地方剑拔弩张。春和冬的博弈，就好像小时候矮小课桌上的"三八线"，戴着花香发卡的女孩子虽然力气小，但总能以柔克刚地把地盘向对方延展一些，再延展一些。突然有一天男生盯着所剩无几的地盘，会脸红到耳根地看着女孩，装腔作势地说一句："都给你。"

大自然在物候和时令的节奏里，向来比人类要敏锐理性得多。所以立春的阳光，不能辜负，要把自己的各个器官，舒展成春天该有的姿态，就像春雷闪电是在给大地打通经脉一样。春天的食物，在日光春雨中也会最克己奉公地慰藉我们的肠胃，熨帖我们的细胞。

立春那天趁着休息特意骑上自己的"黄色小宝马"，去五六公里外的市场逛游逛游。整个冬天都在超市买蔬菜水果，感觉味蕾都已经被大棚蔬菜钝化了。殊不知，立春的市场早就盛满了各种恣意的春天。新鲜的蔬菜，混杂乡音的叫卖，丰富味道的融合，都在把市场量化成最真实的人间：有破土而出的坚韧新绿，有高山白雪的嫩笋鹅黄，有嵌着新泥的纯洁藕瓜……好像在这里你可以透过食物听到各个经纬度里劳动者最质朴的笑声，铺在生活细碎的音轨上，流转成曲。

愉悦的过程在于看，纠结的过程在于买。好像不买谁家的都对不起那份立春真实的翠绿和香气。最后买了新鲜的菠菜、西芹、生菜、韭菜，还有鸡蛋和生姜。因为想做粥，又特意买了一袋香气扑鼻的大米。食材差不多就绪，回家的时间也正好化开冰箱取出的海参，这样一道"立春海参粥"，就在立春的阳光里生出了倩影。

回家路上的风，明显感觉到寒意中带了些善意的温存，也再不是冬日那个狂野躁动的脾气,而是忽而带来点花香,忽而又吹醒些绿意,好像万事万物都整肃就位,卸下冬天的倦怠,勤勉地应对天时天道,诚恳地繁育万物,使人间铺满欣欣然。纵使没有来一场淋漓的雪,这场立春的风,也算吹得有情有义了。而说到风,古人对立春的风也是颇多讲究:"立春北风雨水多,立春东风回暖早,立春西风回暖迟……"风吹着自愿醒来的人的思绪,也敲着不愿醒来的人的梦境。可能梦里的人依然期待着雪,纷纭而来,漫天飘舞,好像她们是一个个世外的精灵,风吹散了她们的果实,落在人们猝不及防的眼神里;而醒着的人,却期待着那些果实落在厚实的土地上,孕育出春天的新蕊,挤出自己在春天第一缕柔弱却坚定的萌香。

　　思绪一路悠悠晃晃,车很快骑到公寓楼下。迎面有早市买菜归来的主妇、老人,也有晨练的人劲然跑过。都带着友善而不刻意的微笑,像立春后的阳光——独立、明亮又没有刻意讨好的暖,也让我想到2月的蜡梅飘香。好像生活就是"春日春盘细生菜,忽忆两京梅发时"的那种春和景明,万象新生。

　　推门回家,我也真是感受到了何为万象新生。一只活蹦乱跳的小麻雀在我的天花板飞舞,我被吓得把手里拎的蔬菜水果扔了一地,好像它才是这个家自由进出的主人,而我是一个忽然闯入的不速之客。我来不及多想,只希望它赶紧出去,可是这只麻雀好奇心特别强,逛完了客厅还要去卧室瞅瞅,我的卧室平时自己进出都得整饬干净,它这样风尘仆仆,裹挟着各路尘埃,说飞就飞进去了。我从小就害怕这种飞禽,忽闪着翅膀发出的不规则叫声，对我的内心是极大的震颤。我不知道是出于嫉妒还是不屑，对这种飞在天上的朋友，没有特别的好感，这次还擅闯我家，真是有些恼火了。我跟着它从地面行进到卧室，这才反应过来它是一跳一跳地蹦跶进来的，人家都不用飞的。好像我家是一个新发现的大玩具，它先要匍匐搞清各个房间的功能。

它一会低飞到我的写字台，用嘴点点我的日记本，似乎在探究这字迹里的人生奥妙；一会又扑腾到我的梳妆台，在高高低低的瓶瓶罐罐上点来跳去，正当我的恐惧和厌烦稍微减淡一点的时候，它跳到我的笔记本上，忽然不动了。我以为它是触电了，内心一阵担忧和惊恐。结果，事实给了我狠狠一耳光，人家只是在选择舒适洁净的排泄地！看着我精致明亮的电脑上一坨污秽物，我瞬间抖擞起精神，我要战胜内心的恐惧。可能瞬间情绪场的能量级发生了逆转，忽然它悠然闲散的小眼神聚焦起来，头左歪右晃地活动了一下，迅速起飞落到了我台灯的边缘，挑衅地看着我。

我就不明白了，您第一次来我家，还是不请自来，怎么对家里的各处落点都这么驾轻就熟呢。声控的台灯无辜地亮起来，不知道谁吓到了谁，反正，麻雀小姐有点大小便失禁，又开始飞到我的洗手间造次找点。看在它这次大环境总算找对的份上，我拿了一个大的塑料袋蹑手蹑脚走上前，想把它抓住。可当我近距离看这只麻雀的时候，我的内心忽然被戳了一下。它的左翅膀好像有点受伤，所以飞行的高度受到了影响，现在加上惊吓，它有点飞不起来了，眼神中都是惊恐和无助，只能双脚点来点去，焦灼地寻找出路。哎，姑且把你当作立春后，自然给人间的献礼吧，好歹如此鲜活，如此蒸蒸日上，就原谅你的目无章法，私闯民宅，不讲卫生了。我轻轻地把它用袋子套起来，生怕伤害到它，然后它开始惊慌失措地发出叫声，从声音判断，这是一只幼小的麻雀，不过从身型裁决，这个冬天的伙食也是极为不错了。

放飞这只小鸟后，我开始彻底打扫家里的卫生，本来早上喝粥、写字、看书的计划，被一只闯入我生活的麻雀打乱了节奏。不过我想这就是春天啊，总是时不时扔给你一脸惊喜和惊吓。等我忙完，太阳已经快升到天空中心了。不过我还是按部就班地开始准备简易版"立春海参粥"。洗干净青菜，然后淘米，把清水洗净的菜放到淘米水里浸泡一会，最后再用加入柠檬的纯净水冲一遍。这样做出的青菜真的会多一种淡淡的清香。然后把化开的海参切段，撒一点料酒揉搓去腥，最后就是把这些食材统统放入破壁机加热，选择绵粥功能，等 15 分钟后，撒上一点花椒盐和韭菜碎，就可以品尝美食了。当然，破壁机的粥是兼具效率和美味的折中品，如果真有大把时间，喝粥还得用专门的砂锅，食物香气的软糯和砂锅材质的硬朗碰撞在一起，好像红砖老城墙下点点泛绿的青芽，味道沿着时间的先后顺序，穿越我们的味蕾，争先恐后地敲响四季的回应。

看着新鲜食材在破壁机里翻滚，我似乎又感觉到了春天强劲的脉搏。立春开始的每一刻，事物都是努力向上的，就像此时正午的天空，已经泛着春日好看的金粉色，虽然清晨和黄昏还没有脱掉冬日的滞重和陈旧，但阳光已经从冬日漠然的银色，向有温度的金黄过渡。万物都努力挺直腰杆,好像古代的君王借时借势竖起了自己的旗帜。

立春了,阳光醒了,万物也没敢再赖床。含金的柳芽和含风的短茸在高高低低、疏密有致的春光里,含情脉脉。

雨水之伤

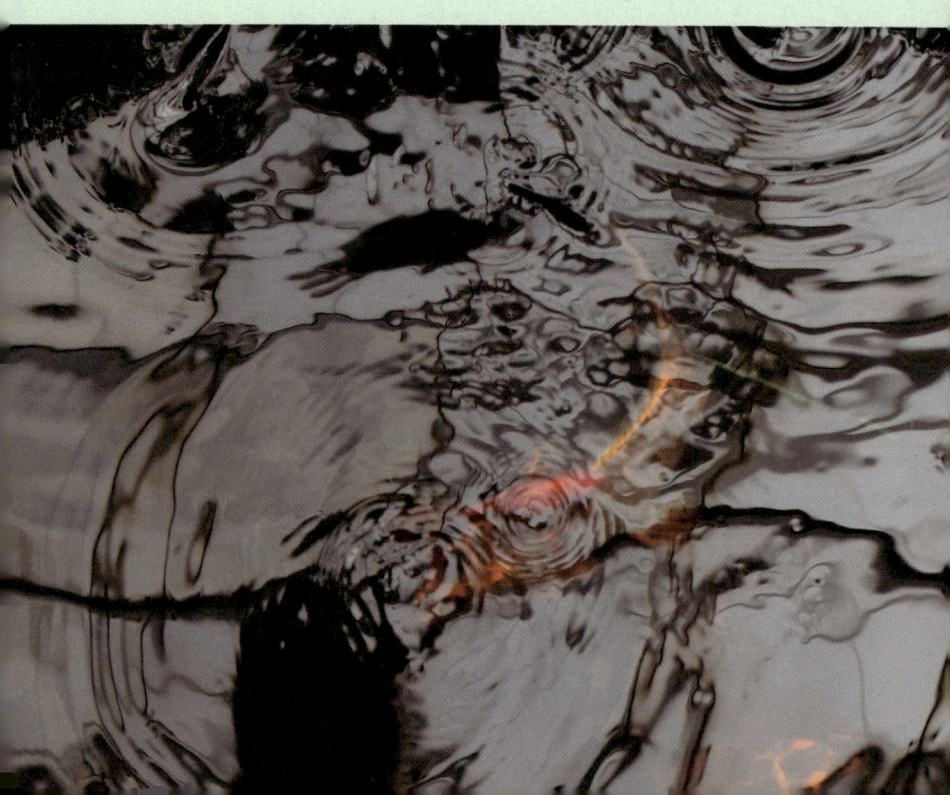

冬是被雪依稀推远的时节，而春是被雨逐渐温热的岁月。

雨不像雪，二十四节气中有"小雪"和"大雪"，却只有一个"雨水"。因为这个节气只是代表了自然偏好改变的一个拐点，此时下雨的概率终于大于下雪的频次了。我出生在和雪有关的节气，雪是迎来冬藏之时，而雨是进入待耕之候。但雨水时节的开头对我们而言，更多的感受还是冷，春天还没有完全睁开眼的时候，再加上雨雪低沉的天，总是会把阴郁又拔高一调。

对我而言在众多"雨水"的回忆中，有一年泪水的风头是足足盖过了雨水。妈妈被推进手术室的那天正好是雨水节气。她腰痛的毛病其实已经很多年了，她虽然是医生，可是对自己的身体总是疏于照顾。她把全部精力都集中在这个家和她热爱的事业上。学医一直是妈妈的梦想，她聪慧好学，和爸爸都是恢复高考后的第一批大学生。所以我们曾经很小的家里，却必须挤出一个大房间作为书房，书柜上都是她和爸爸的专业书。

我记得很清楚，妈妈评上正高级研究员那年，我还在念中学。她特别认真地和我说希望我将来能报考医学专业，我毫无悬念地拒绝了。青春期的我们最引以为豪的事情，是就算跌跌撞撞也要走自己的路，父母给的选项都是否定项。而十多年后的今天，当我捧着妈妈的手，看着她在病床上痛苦呻吟，自己却无能为力的时候，我在想，也许当年的我并不是讨厌学医，只是因为那是妈妈给我挑的一个梦，我就不想买而已；如果当时买了呢，或许今天我的妈妈会疼得轻一点。

很多年的雨水节气总是活在春节内外，那年也如此。春节前，妈妈因为工作忙，又要照顾老人，非常辛苦，腰腿疼得厉害。经过各种专业检查和多方面咨询商榷，妈妈被判定为急性腰椎间盘突出，要立即手术。爸妈坚持不能耽误我工作，一直隐瞒病情，直到除夕前几天我才知道。于是，我坚持着录完春节的最后一档节目，大年初二从北京赶回家。爸爸已经给妈妈办理了烦琐的住院手续，初五一早妈妈就进手术室了。

时间在无缝对接中走得闲庭信步，我们却在焦灼奔忙里寝食难安。直到"手术中"这几个字亮起，我忽然一阵眩晕，原来总以为这几个字离自己很远，当此刻冰冷的手术床上躺着最爱的人时，忽然觉得一切都是那么虚幻和无力。曾经所有的豪言壮语和前程似锦，都希望仅仅换来一次亲人的一生平安。但是人，总是健忘的，当健康的时候，我们又立马换成了嚣张的嘴脸。

此后的几个小时里，除了祈祷期盼，不能再做得更多。这次的手术虽然常规，可部位敏感，切口也不小，我虽然不懂医学，可是从医生让我们签字按手印所有的谈话流程里，明显意识到这次手术的重要性和风险性。

时间就是个玩弄心术的戏精，在你最不希望等待的等待中，它一定是每分每秒都在拿腔拿调，而当我们在人生快车道上奔忙奋斗的时候，一回望父母，又老得那么无声无息，飞速决绝。

5个小时后，妈妈从手术室被医护人员推出来，身上缠着各种管子，空中悬着各种瓶子，而我，吓得慌乱像个傻子。无论这些天，给自己多少种预设和安慰，看到自己的母亲像电视剧里被从手术室推出来的生命垂危之人一样的时候，我还是彻底崩溃了。爸爸和其他家人一起配合着医护人员迅速而有序地做着各种动作，把妈妈推上电梯，从手术床抬到病床，梳理好各种引流管，悬挂好各种针剂瓶罐，时不时讲几句我听不懂的医学术语，眉眼间交换着严肃谨慎，举手投足间格外权威从容。我除了给妈妈安排最好的VIP病房以外，真的什么也做不了。

此时的我好像《局外人》里莫尔索的补集，不是用荒谬对抗世界，而是靠慌乱向生活求饶；又好像一本无声电影，在自己最不相信、最不愿意看到的剧情里，以多倍速的节奏快进，既害怕又迫切地想知道结局。可是生活就是生活，它像一个霸道总裁，很少顾及你的心情，就算你心甘情愿想跳到碗里，也得先和路人甲乙过招论剑，可能最后都体无完肤、血迹斑斑了，还得回过头谢谢总裁观赏恩赐，给机会。人生中的每一次痛苦喜悦，所有的过程，我们都逃不开、避不掉，加速后退更不行，只能咬着牙扛下来。它用最鲜活的细节浸泡着你当下的神经末梢，发酵着你的痛点。让痛点低的人捡起支离破碎的痛，逐渐坚强；让痛点高的人整饬内心的隐忍，学会淡然。

逐渐恢复平静的我，守护在病床前，握着我这辈子最爱的人的手，继续等待。这双手，始终是向外的，对我，对家庭，对事业，唯一缺席的总是自己，它凝缩了岁月那么多记忆，抚平了人生那么多愁苦，带来了年华那么多光热。小时候我总是生病，妈妈就是这样整宿整宿坐在我的病床前，捧着我的手，照顾我、呵护我。今时今日，这双握着的手更紧了，只是我在逐渐变成力量输出的一方。时间随便甩出几个浪花，我们的芳华就跟着快速蒸发。妈妈老了，而我的能量在变大，虽然在病痛面前，我有太多的不能不能，但在陪伴照顾上，我要我有，我要我能！

家乡雨水节气的平均气温只有 2 ℃左右，因此回忆中的很多画面都自带速冻效果。那年大年初五的烟花，在天空那么缤纷耀眼，肆无忌惮；监护室冰冷的舷窗，冷若冰霜，投射出刺眼的惨白。我从小不喜欢白炽灯的颜色也不爱听鞭炮声，总觉得里面有太多寂寞，而现在听到这些难掩喜悦的劈劈啪啪，每一声都好像能碾碎我的神经。

不知道时间走了哪条路，反正终于把晨曦找来了，妈妈的呼吸平稳了，表情慢慢舒展，体征指标稳定正常，被我握着的手渐有温度，脸上浮现了红润。爸爸小跑出去叫医生，我想拿毛巾给妈妈擦擦脸，她一向是最爱美的人，清醒的那一刻，一定要是最干净漂亮的。妈妈用带着针管的手，慢慢拉住我，笑着说了句天下妈妈都最常说的那句"妈没事了"。我再也忍不住，泪水约定好一样倾泻而出，内心疼得不断抖动，好像夏天午后的闷雷，滞重却力道足，在春天的雨水时节，让我的心里倒灌着夏季的滂沱大雨！

时间总是惊人的巧合，那天恰好是妈妈的生日！我们一家三口依偎在医院，点一支蜡烛，温一碗细面，亲朋好友，病房的医护人员也围在一起给妈妈祝愿！妈妈笑着，我们唱着，心里好暖好暖！总是会好的，总是好起来了！立春时分，春意在看不见的地方酝酿；雨水时节，春色在看得见的地方开放！

很多时候我们以为的勇气，并不是金光闪闪、毫无畏惧的那种英雄主义，勇气中也总会包含着怯懦和犹疑，就像爱中也有不爱的时刻，但这来回摇摆的踱步辗转，斑驳又剔透的杂质，才是成长，才是生活。

我那天写了一首诗：

雨水节气
心里的泪决堤蔓延
脸上强装笑颜
母亲苦痛无边
守护在床前
窗外，雨雪飞溅
屋内，寂静无边
时间，顺延……

陪伴，成为最无力中的全力
睁眼闭眼间
人生已斗转
被牵的小手
成了大手的依伴

时间，打个瞌睡，
人间，却眼目低垂。

黄昏后，烟火照亮夜空
旁若无人的绽放
输液软管里的滴答声
在监护室冰冷的光影里
低吟哼唱

天空伸着懒腰变微亮
妈妈体征渐正常
听说今天有阳光
风雨终退场　爱意暖心房

雨水里，走过的时间
带着牵挂，镶着光边
让守护中的誓言
保佑父母健康万年

惊蛰之爱

读宋英杰老师的《二十四节气志》，知道其实"惊蛰"最初的名字叫"启蛰"，是因为避汉景帝刘启的名讳，所以改为"惊蛰"。其实我个人更喜欢"启"这个字，因为春天来到，物候变化，自然启慧的时刻恰好响在我们灵魂微醺的节点，叮的一声，万物心智重启优化，灵魂结束旧的低温蛰伏，开启新的温暖明豁。

惊蛰时分，人们总是很想去爱。做气象节目主持人十多年的时间，越来越觉得节气物候是人生哲理的进阶版。人间迷失的时候，可以去自然找答案。自然的爱都是低暖朴素却真挚热诚的，而人与人之间的爱，走着走着就容易跑偏或倦怠。自然用最简单直接的方式告诉你最颠扑不破的真理：忍忍就过去了，等等就会来！

不是吗，大寒时节，二十四节气的最后一个，虽然地上冰封万物，冷成冰团，但地下的春意在悄悄积攒暗涌。到新一轮回的立春、雨水、惊蛰，再慢慢倾吐释放。回暖和春意，在忍耐和等待中，给你一点又不给你一点的，但总是慢慢在靠近。好像一个饿了太久的孩子，遇到美食，突然不知道该用何种姿态吃完，他走近两步，闻一闻，又退回一步，想一想，吃还是要吃的，但是春日天光里，总要吃得好看些。惊蛰，在这个暖意从脚底涨到鼻尖的时节，自然的爱，从未缺席，懂爱的人，会一直美丽。

懂爱，要先会爱自己。前两年"剩女"，这个被很多人污名化的词，已经逐渐淡出大家的视线。2020年依法登记结婚人数继续大幅下降，2021年民调显示超半数人有恐婚倾向。随着女性独立发声的意识和机会增多，很多人对当下婚姻的存续形式有了新的认知，去标签化的赋能自我被唤醒。近些年我国生育率逐年降低，2022年首次出现人口负增长，总和生育率跌破了1.1。这些现象逐渐把这个时代对女性群体冷静审慎的关注，提到了从未有过的高度。其实我一直以为的女权主义就是男女彻底平等的权力，并不是说要女性在某些方面压倒男性，但就连这样都很难。从古至今，女性想要获得和男人一样的认可和成功，往往要付出更多、更艰辛的代价。因为这个社会的信念体系已经固化了，古斯塔夫·勒庞在《革命心理学》中就提道："一种学说的谬误并不妨碍它的传播。"男主外女主内不仅是一种既定规制，更多的还会被标榜为一套道德范式。在内外双重压力的打击下，女人如何扮演好多个角色的切换，就比男人的单一性主宰难上加难。那些有觉知力要彻底为自己而活的女人，在几次试图突围世俗理念封堵的铜墙铁壁中，被折射回来的消极现象再度打压和洗脑，以至于逐渐相信一切的挣扎和努力是没有意义的。女人活得没有自己的时刻，往往才被世俗认为是美好的。因为她们被作为一种工具、一个符号，去繁衍后代，去支撑男人，去推动时代，而唯独不能是一个鲜活真实的自我。

所以对于怎样更好地爱自己，就变得很奢侈，因为比起爱自己，能够好好活下去显然更重要。但女人的力量是韧性十足的，比起男人，她们的持久力和耐受力更强大，所以一旦她们的力量不能向外延展，就只能内在坍缩。所以在男权社会，过早醒来的女人会活得更疼，因为她们首先要断裂打破，才能附庸生长。张爱玲在《金锁记》中刻画晚年曹七巧，就用了让人身心生疼的文句："三十年来她带着黄金的枷。用那沉重的枷角劈杀了几个人，没死的也送了半条命。"

一代代女性的前仆后继，开始逐渐软化多年固有信念加持的壁垒。人们逐渐认同单身不是婚姻的备胎，而是更珍贵的捍卫和坚守。这些女孩是被上天刻意留下，而绝非嫌弃剩下。活出独到的自己，在没有遇到好的爱情，自己还很多问题都没想明白的时候，不盲目地走进婚姻，而是一直遵循内心的笃定和希望，坚定活出自我风采的女孩子们，难道不值得行注目礼吗？如果在你适合结婚的时候，恰好遇到一份好的爱情，那就勇敢去转换角色，走进婚姻，做一个可以穿帆布鞋走路，也可以穿高跟鞋跳舞的女子；如若你在世俗该婚的年龄没有等到一份好的爱情，那就用岁月好好滋养自己的灵魂。虽然岁月不饶人，但是回望，我们或许也可以自豪地说我们又何曾饶过岁月。就像里尔克在《苹果园》中所言："人若愿意的话，何不以悠悠之生，立一技之长，而贞静自守。"

懂爱，还要舍得给自己精准投入。近些年在各种消费统计中显示最大的增长是，越来越多的女性愿意在运动和养生上花钱投入。"女子力觉醒"的趋势数据显示"果敢、美色、运动、悦己、养成、机智"是女性消费6大关键词。试想，一个果敢美丽的女孩爱运动又机智，该是多么悦人悦己的事情？女人再不是为取悦男人而活，为生育抚养而活，为屈从世俗而活，女人就是为自己而活！

觉醒其实根本反映了一种认知的颠覆，要学会花钱去提升自己，而不是一味用钱取悦别人。现在大家聚会聊天，更多人希望短时间获得你明确的标签，从而快速筛选信息，甄选类别，安放在微信朋友的不同圈层，这个标签就是你的价值和社会影响力。所以我们首先要设定自我的阈值点，扩大能量场，继而强化影响力。用碎片化的信息整合出有条理的脉络，用碎片化的时间摸索出高效的方法。我们订阅两年的《*The Economist*》（经济学人）才1000多元，而这两年自我价值的提升所变现的生产力又岂止几个1000元能取代的？我从去年到今年坚持200天，每天半小时的时间学习英语，坚持读英文原著，把原来喜欢的中译版本的原著翻出来，重新品读近100万字，读完了《*The Moon And Sixpence*》（月亮与六便士）、《*The Great Gatsby*》（了不起的盖茨比）、《*Jane Eyre*》（简·爱）、《*Selected Stories of O.Henry*》（欧·亨利短篇小说选）、《*Brief Einer Unbekannten*》（一个陌生女人的来信）。每一天的坚持都是一种自我信念的加持。读书，会有一种把心灵翻新晾晒的感觉，好像早些年读的是我眼中的他们，而现在品的是他们眼中的我。读书，归根到底读的是结合自己的阅历感悟，经过时间打磨发酵后，和作者在语境时空上的认知共鸣与自我升华。这种交融会折射出一种全新的体悟，教会我们从更博大的视角来看春华秋实、星河宙宇。

我们现在已经慢慢告别炫耀式消费时代，而进入无形资产的投资比拼。近些年付费课程越来越火爆，愿意付费来提升自我价值的人也越来越多。2016年被称为"知识付费元年"，女性用户占比为男性用户的 2 倍左右。而遍地开花的网课，也逐渐从虚火漫烧到实火主攻，为女性量身定制更加高水准、高量化度的精品课程。很多人的观点也从期待知识带来财富，改变为愿意用财富去购买知识。因为女生要趁早懂得，在以后人生的每一天，要学会灵魂独立地获取阳光，规避风雨，默读伤悲，唯一和你在这个世间共进退的只有你学到的本事。你花很久的时间读一本书，学一种语言，练一项运动，然后它们慢慢变成灵魂呼出的一缕香气，就这样陪你一起慢慢变老。

懂爱，还要更相信爱。万物都在春天始发，爱也带着新翻的泥土气和各种花的香，在心底酝酿升华。惊蛰节气，回到校园，也遇到了很多好看的男孩女孩，他们穿着色彩鲜艳的衣服，手腕、脚踝已经耐不住寂寞，任性地苏醒在春光里。互相依偎，笑着闹着，两人或争抢着一只热气腾腾的烤地瓜，或抱着一摞书本推扶着眼镜喃喃，或女孩坐在男生的自行车后座，撑一把太阳伞，从自习室挪腾到食堂……每一个镜头都含着春天的新绿，那么簇新，好像今天还誓言要拉着他的手看世界的女孩，明天俩人就站在毕业的半夏，哭着分别。

生活中最触心的时刻，往往都是回想起的一些最细小片段，比如那年的惊蛰来得有点晚，比如海风吹拂的木棉花，其实是一棵先放弃枝叶而努力开花的树……一路笑声挑染着花香，让每一阵风都有味道，从雨水吹到惊蛰，从不舍弃花香的春天，也不愿意错过暖意微含的朝阳，让人心渐有安堵之意。"安堵"这个词，出自《史记》，后来知道其实罗贯中在《三国演义》第 120 回也用到："次日，杜预亦至，大犒三军，开仓赈济吴民，吴民安堵。"让心安定，灵魂即有安居之所，惊蛰便有燃爱之意。

智慧春分

从"雨水"到"清明"往往是一年中气温上升最快的时候,春天的版图会大幅向北挺进。好像昨天还唱着冬日恋歌,今天一下就沐浴春风春雨了。气象的智慧,虽不像某夜忽然而至的春风,却像清晨破土而出的春笋,它小步徐行在岁月长河中,沉淀发酵,只要时间的纹理掀开一个小小的缺口,它就会用尽全身力气正面突破,毫无畏惧,绝不破碎。就这样一点点滋养着华夏文明,推进着物候轮回,秉承着敬天礼地,传扬着悲天悯人,在每年惠风和畅的春分和你淡淡问声好。

绝大多数年份,春分的阳历时间都稳定在 3 月 20 日、21 日这两天,但农历时间差别很大:2020 年春分是农历二月二十七日,2021 年春分是农历二月初八,2022 年春分是农历二月十八日。其实这主要是因为太阳和地球的相对位置比较固定,偏差最多就 1 天,而农历是看地球和月亮的相对运动,有无闰月的差别天数会超出 10 天以上。我们的二十四节气是跟着太阳走的,因此看的是阳历。这就是一个参照系的动力辩证关系,谁绕着谁转不重要,重点是自己心里觉得谁是被围绕的才是关键。就像《空间的诗学》所说:"无论透过显微镜还是望远镜,诗人总是看到相同的东西。"

在历史长河中,我们每一个为了生存繁衍而做出的朴素选择,都自带发光的理由,在自然阴晴圆缺的修修补补中,长成智慧之树。于是从"看天吃饭"逐渐变为"知天而作"。在观察日影的变化中,跟随它的脚步,知晓它的规律,应和它的节拍。我们的智慧就蕴藏在山西陶寺古观象台 13 根立柱的缝隙中,就停留在元代郭守敬测量一年时间的 26 秒误差里,就栖身在福建冬暖夏凉的石头房子里,就蕴含在新疆坎儿井那一片片雪山融水里。

时代更迭,节气变迁,时代的转速总让我们离心向外转,抛弃你的时候都不会说再见;而节气的运转总让我们向心往里绕,来去虽匆匆却总会留点念想。冬天还是在最后交还给春天的空隙里,撒了一把雪,2018 年 3 月 17 日的北京,期待了一个冬天的雪却落在了跌跌撞撞赶来的春天前夕;所谓春风试暖,可 2021 年 3 月 15 日和 28 日的两次强沙尘暴,让我们对"似剪刀"的春风有了颠覆性认知;惊蛰还是在让位春分的时候留下了上蹿下跳的气温,像 2018 年 3 月 15 日的潍坊,骤降 25 ℃的气温,真是两天内感受四季闪过。

春分时节的北京,温度跳着脚地往上爬,生怕错过每分每秒要抱抱的理由。春分其实是北京一年中气温上升最快的时候,加速度虽大,但是速度还不够,所以温度的底子薄,"噌噌"爬了半天,停暖后的我们还是觉得又被拖回到了冬天。因此,北京的春天在气势上好像总是赢不了冬季,而在气场上又拼不过夏天。所以北京的春,刚从羽绒服里抽出一副单衣袖的长度,就被夏天急躁地剪成短 T 恤了。

春天的宫廷里,必然有自然的生存智慧。

春分的智慧在于它的隐忍包容。春分的季节版图，其实还有一家独大的冬，和悄然滋生的夏。冬的地盘仍有616万平方公里，东北、西北多地仍然可能会在冬天听到华北的春雨；而夏天探头探脑地在华南也趁机留了7万平方公里的地儿，这时候三亚和垦丁沙滩上的温度已经"酒过三巡"了。但是万物相随而出的春天，从不跨界，不干涉，在自己的时间线和地域中知足又认真地做着该做的事情。它让惊蛰还蜷缩的柳叶完全舒展了，让园里山前的桃花放心大胆地开了，让在地面浮动的绿意跃升到人们眉间。于是在大部分人不自知的这十几天时间，春分的智慧却是自知的、清廉的、稳妥的。把我们从探春拉到赏春，转眼走到"清明"，那就到了"满溪红片向东流"的惜春了。因为感觉春还没来，却要走了，所以清明时节不仅是诗歌的高产时期，也是农事谚语的多发之季。这个时候念着"清明前后，种瓜点豆"的农民朋友该忙了，农事谚语因为地理位置的跨度和时间上的变迁而有所不同，再往北一些就是"谷雨前后，种瓜点豆"了。二十四节气的神奇就在于从古至今，它使我们相信天况、气象、物候，一定会在某一段时间随着节气的更迭而准时发生变化。而在对自然的敬畏和守望中，逐渐把人的智慧和自然的智慧实现并轨双赢。

春分的智慧在于它的精妙布局。春分的时候，其实很多花都开了，可是你想找到一个一览满园春色的园子，却很难。所以"从不把鸡蛋放在一个篮子里"这是春分教给我的处世之道。华北一带梅花的花期是2月下旬到4月，北京的卧佛寺、红螺寺、香山公园都是古城春晓，屏展芳菲。而赏樱也不见得每年都得苦苦地盯着某国的花期预报，在3月中旬到4月中旬，玉渊潭和植物园都会让你有"粉雪西岭香远"的感觉。玉兰是我非常喜欢的花，花语是"报恩"，也进入到了属于自己盛开的时候，3月下旬到4月上旬，颐和园、大觉寺、北京国际雕塑公园都能感受到它的高洁。屈原《离骚》中写道："朝饮木兰之坠露兮，夕餐秋菊之落英。"其实里面的木兰就是现在我们说的玉兰花。而春分时节最抢镜的桃花，花期较长，一直到5月上旬，在平谷、凤凰岭、双龙寺森林公园，都可以看到这些粉扑扑、肉嘟嘟的桃花，说它们是乱花渐欲，一点没错。

还想重点说说《红楼梦》中出镜率极高的海棠花。在第37回、77回、94回都有提到。尤其是第37回"秋爽斋偶结海棠社"中的对诗真是精彩极了。有探春对白海棠的出神刻画："芳心一点娇无力，倩影三更月有痕"，宝钗的："胭脂洗出秋阶影，冰雪招来露砌魂"，黛玉更是把海棠的魂跃然眼帘："偷来梨蕊三分白，借得梅花一缕魂"。海棠的芬芳确会让人心生悲切之意，可能和它的花语有关，海棠在古代就是断肠花。而海棠和其他的花还有一点不同，就是它最早被人重视是因为它的食用价值，在《诗经·卫风·木瓜》中的"木瓜、木桃"全都是海棠类植物。海棠的地位在宋代达到鼎盛，宋徽宗著名的《月上海棠》，以及当时在京城建皇家园林，叫作"艮岳"，里面栽种的都是海棠花；李清照的《如梦令》吟咏的是海棠；陆游和唐婉这对佳偶天成的璧人，也是以一枝海棠为爱情未完难待续画上了最凄美的符码。如果现在北京想看海棠当然首选元大都公园啊，单是"海棠花溪"四个字就已经让人沉醉不知归路了。

　　春分的智慧在于它的不急不躁。如如而来，悠然而去。春分节气虽然短暂，但从不决然。我觉得在人与自然的关系中，我们对自己的角色身份越来越搞不清楚。其实人类应该是作为绿色植物的客人活在地球上的。既然是客人，被款待也不必羞愧，可是要时刻记得尊重和感恩主人才是，但这点我们总是做得不够。我们希望追求变化，快刀斩乱麻，急于改造周边，却很难改变自己。不是在一个个"修昔底德陷阱"中狼狈应战，就是极端地在佛系生活中四仰八叉。

　　而自然求变，从来都是以不变应万变，大多是顺势而为，不会急功近利。可那些大地上的智慧却从未逊色于人类：二十四节气中每一个节气的交替都是友好过渡，自然推进，落点精准，前一个多拿走一天，后一个就让让，春分不够暖，清明就多升两度，一切都那么友善、谦和、礼让、顺畅，绝不突变、不生切、不加速。赫拉克利特在毕达哥拉斯学派后创立了一种新的"变"的哲学，充满辩证思想，他说："自然喜欢躲藏起来。"我一直觉得这句话很有意思，就像真理总在语言之外一样，自然才是有大智慧的。人和人较劲都是生活上的精明，而人和自然相处才会获得生命的智慧。自然从不多语，不急躁，不逞能，像一个在春分时节，拉着一辆满载绿色的马车，鞭子上的红缨却早已褪色的老车夫，用最简洁本真的时令规律解释着最朴素智慧的世间真理。

任性清明

清明那天我捯饬半天出门，被天空刮来的红色塑料袋糊了一脸，然后特别淡定地回家重新收拾一遍，很没脾气。谁让人家前天大雪纷飞，昨天冻得跳脚起飞，今天又差点把人整懵刮飞。每年的清明时节，我最大的印象不是雨纷纷，往往是气温乱飞。

雪花舒展着从天而降，伸伸胳膊踢踢腿，搞得路边开的繁盛的鲜花，反倒以为自己开错了时间。白天大家赏花，还都是地上的花呢，晚上这雪花一突袭，朋友圈都齐刷刷抬头看天了。

花，在我的心中，应该始终是"被"收到的，所以在生命的语言体系里，它应该是"被动"的，然而清明，却把人间的花和天上的花，巧妙地转换成主动，还装帧成画！因为憋了一冬天的怨气，终于在春天鼓起干劲儿了，雪花攻陷了樱花、围剿了桃花、降服了玉兰，也震慑了海棠，这一仗打得高效又漂亮啊，这幅画，没理由不"十万加"。

任性的雪，真人性

任性得有个说道，方法得讲究门道。好像女孩在男生面前任性，任性得恰到好处，就好像美食出锅前那关键的一撮作料，但如果任性得不可爱、不是时候，那就必然坏了一锅汤。北京这场雪，就是任性得特别天时地利，"作"到让人没脾气：西北来的冷空气，以干冷为主；东北来的冷空气，脾性相对湿暖，都不是形单影只，也绝不是外强中干，所以相遇以后，就山盟海誓、不遗余力了，这也就是这次的雪为啥在春天下得这么惊天动地。

可也有人说了，整个冬天，那么多股冷空气，就没整出一场像样的雪？！对，就是这么邪乎，要不就是冷空气来的时候，暖湿气流休假；要不就是水汽充足的时候，冷空气调班，总之，就是死追的没追上，傻等的没等来，然后时间走到4月，突然寂寞得想相遇，凄婉得逃别离，就浪漫得终相聚了。

人性也大抵这样吧。对的人，在对的时间遇到了，是喜剧；对的人，在错的时间遇到了，是悲剧；错的人在对的时间遇到了，是闹剧。反正人生本来就近看是悲剧，远看是喜剧，总之是部剧。或许你可以继续在台前，和看戏的、听戏的一起玩把戏，或许退居幕后，和拍手的、叫好的一起拼运气。反正该下的雪，就算下在春天，也是终究会来的，而等不来的风，其实不是没来，只是你没感觉到而已。

任性的风，真的疯

我出生在飘雪的风筝之城，而四月天的家乡是"忙趁东风放纸鸢"的天空之城。从小就知道，风来了，风筝就飞了，4月也就到了。所以从小对于清明的记忆，并不是"清明时节雨纷纷"，也不是"万物皆清净明洁"，更不是"古人妙迹图画，以观鸟篆蜗书"，而是"欲减罗衣寒未去，不卷珠帘，人在深深处"，是"半园新杏连绵雨，送尽清明百姓家"，更是"人人夸你春来早，欠我风筝五丈风"。却如此，小家的风，虽未像潍坊的风筝和萝卜，衬个名声远播，但也是名气在外，4月从未缺席。

古人对为何春日适合放纸鸢是这样说的："春之风自下而升上，纸鸢因之而起；夏之风横行空中，故树杪多风声；秋之风自上而下，木叶因之而损。"其实概括而言就是春天向上吹的风大而多，四季稳居第一。

第一次放风筝，是和喜欢的人一起亲手制作的，那时候感情纯洁的好像天山融水，4月的潍坊，随便一阵风都能把阳光刮得到处飞，但唯独吹不坏我们的感情，而风吹不坏的，还是被时间带走了。中学时代，到处都是草长莺飞的记忆，那时候草地和今天的楼房一样让人避之唯恐不及，放学约三五好友，买几个路边的烤地瓜，手拉手肩并肩，就奔草地撒欢去了。其实，自己扎的风筝多半飞不起来，因为骨架的平衡很难找，就只能自己比风筝跑得还快，假装被自己拖着很不情愿的风筝，摇头晃脑，宿醉未醒都是因你而飞。然后跑累了，就把书包垫在脑袋下面，躺着看天，看云，看风筝，看烤地瓜冒烟，看青春痘满脸，看试卷漫天……好像慢慢的时间也跟着飞起来了，带着风花雪月，带着少不经事，带着日记中纸张的陈旧酥脆和笔墨的芳香柔软，融化在光影的明暗波纹中，调皮又残酷地映照着你从十几岁到三十多岁这些年。时而晃晃悠悠，又突然"嗖"地一声，就走完了，也许这就是青春吧。

我们年少时总嚷嚷着要一起分担寒潮、风雷、霹雳，可成长以后的心更想安静地看看雾霭、流岚和虹霓。虹霓这个缠绵的发音你知道摇曳了多远吗？它从清明时节的"虹始见"一直到小雪时节的"虹藏不见"，你心里那个想爱而不能的人，这些年还藏在那个如初见般的"虹"里吗？

海明威说："人生最大的遗憾就是一个人无法同时拥有青春和对青春时的感受。"想起这句话的时候，耳边也响起了呼呼的风声，不过好像感受到的是儿时风吹拂草地的高度，还是风没长大的样子。

任性的气温，让人气

3月底，全国气温还是一片"嗖嗖嗖"，进入4月份，就开始迅速"哐哐哐"了。有时候冷空气都不是单兵作战，全是组团前来，而且分工明确，有的针对华北，有的直指江南。顶层统筹管理，落实精准发力，好像提前许诺了年终奖一样，让每一股冷空气都信心倍增、干劲十足，在自己分工的领域和预期的时间，一丝不苟地发力降温。它们看似是孤独的，但又不是寂寞的，因为它们懂得，孤独是一种奋斗的常态，而寂寞是一种软弱的病态，孤独到最后，是为了孕育更大的力量，而寂寞的结尾，只能洗洗睡了。

所以那些两天之内就从夏装重新钻进羽绒服的人，后反劲意识到，玩真的？有本事再来场雪啊，把欠的债都还了！好的，于是，1988年后4月就没有再下过雪的北京，30年后真的下雪了。"夏"得气温一片狼藉，"下"得雪花信手拈来，"吓"得人间各种无奈。

南怀瑾说过："中国的文人很幸福，往往得意的时候是儒家，失意的时候是道家,到了绝望的时候就是佛家了。"我觉得 4 月的冷空气也很幸福,不来的时候,大家谢你带来最美四月天;来了以后,大家还念你让雪花邂逅鲜花。如若一个人也能做到在可为与不可为之间明豁通达、进退自如、来去随心,且获掌声四起、高朋满足,且惜"江上之清风,与山间之明月,耳得之而为声,目遇之而成色",就真真可以扣弦歌之、洗盏更酌了。

任性的姑娘,腿真美

任性的你,就正好妖娆在清明时分。清明前两天和朋友一起去南京,认识了一个很有才华和颜值的小妹妹,她喜欢唱歌、画画,而且歌唱的是很有灵气的那种,有很多粉丝,南京各个角落似乎都洒满了她的歌声。她是那种声音里有故事的女孩,英文歌的每一个单词的尾音都处理得特别性感,中文歌的每个真假声都拿捏得十分感性。"00 后"的女孩,你和她对话,得随时准备好被生硬切断后的尴聊退场。她 168 厘米的身高,目测 100 斤的体重,真的是很让人羡慕的身材了,可是她还觉得自己的腿不够好看。但说实话,我对她的第一印象就是,哇,这个姑娘,有一双好美妙的大长腿!

但这个任性的姑娘,真的从超过 30 ℃的南京到 0 ℃的北京,一直穿着一条牛仔热裤,就为了那双好看的腿,我看着眼睛都快结冰了。再看看我自己,里面的短 T 恤,外面套了衬衣,衬衣外面裹了毛衣,毛衣外层又披着风衣,我这把一年四季都扛身上了,人家还是傲娇地大步走在春天里!

我真的老得这么无声无息嘛？感觉别人在我耳边碎碎念，说："穿这么少，老了关节就疼得不行了，哎，你们就是年轻啊……"好像这些话都在昨天才听一遍，今天我就开始语重心长地要对她念叨这些了，为了不从小姐姐迅速升级为老阿姨，我还是深呼吸憋住了。算了，每个人在年轻，或者自以为年轻的时候，总有很多的执拗，可能这些在别人看来，是任性和不可理喻，但或许这就是年轻最美的样子，这些样子很细碎却无比真实。

这种真实，可能是在星巴克不顾旁人的眼光大快朵颐地吃灌汤包；可能就是上半身穿着冬天的冲锋衣，下半身却穿着盛夏牛仔热裤也要别人组团看美腿的执念；但也是不顾漫天飘雪要坚持陪我一起走路去开车的善良和真诚；也是前一秒刚喊着减肥，这一秒又抓起寿司泄愤的可爱。

我在想现在的小朋友们啊，任性也纯粹，直接也真诚，和他们聊天，为了表达清楚自己的意思，会加入好多句子成分，理清主谓宾，但人家的回答，一般都是不超过5个字，对啊，好的，没有，为什么。比如你劝她："要早睡早起哦，不能总是熬夜聊天。"然后人家真诚地看着你，问了一句："早睡早起然后呢？为了继续熬夜吗？"……然后你愣一会，假装淡定地看一眼窗外，又回过头，这次是真的没有然后了……

就感觉空气四周三条黑线，转着圈向我走来，而十几岁女孩的身边，仿佛随便都能从空气里找来一个关照自己的神仙，把任何一场对话逢凶化吉，继续走在我行我素的大道上。

自然的大智慧，不仅在于它的张弛有度，还在于它的收放自如,就像里尔克所说"如果春天一定要来,大地就使它一点点完成",而春雨中日渐成熟的枝干,也从不担心后面不会有夏天赶到。"春分"彰显智慧以后,立马接一个任性的"清明",但迷人眼的绝不是"乱花渐欲",而是"春如四季"。好在变频的节奏任性地点到为止,今天阳光就再次回归了,温度也找回了蹭蹭蹭的节奏。清明之后,自然任性又善良,终向暖;人间永恒而和畅,意言欢。谷雨呢,"鸟弄桐花,雨翻浮萍"的谷雨,对我们所有人而言,都是一件迎面而来的事情,那么就不会陌生,有充分的忍耐去担当,有充分的热诚去信仰,就一切都好。

谷雨不语

谷雨时节，是一年中最舒服的日子，但它也是春天最后一个节气了。谷雨时节，温而不热，凉而不寒；雨悠然，不急促；花娇嫩，不张狂；天微蓝，不抢镜，好像自然所有的一切都给我们的出场调好了光圈，做好了柔化，只等你走进来。自然的绿意，由新浅向深郁转化，好像人生由少年走到壮年，从抬腿就想跑的年纪，跨到了宁愿小步徐行的时间；从动不动就可以放声大哭，走到很多时候只能嘴角上翘。

谷雨时节，春的挺进节奏迅速变快。我们国家，谷雨之前，春的领地仅领先冬的疆域不到100万平方公里；而谷雨之后，春天就甩出冬天近300万平方公里了。美国也类似，此时春的时速差不多每天以16英里挺进，也就是说不同州的人，要在Instagram（照片墙）同步眼前的风景，大概需要两个星期。

谷雨好像大自然的一个休憩小站，《二十四节气志》中形象地描述谷雨："之前是漫长的取暖季，之后又是漫长的制冷季，阳春三月，是最低碳、最省电的短暂时光。"

谷雨时节，从自然的休憩，到让人间的爱情争分夺秒起来，一切都是笑而不语的：

撑伞的时候，骄阳和风雨在外面，我在里面

伞骨收起的时候，暖意和幸福在里面，你在旁边

1998年 爱如谷雨

1998年的谷雨时节，《泰坦尼克号》在中国上映。之后的11年，都是这部电影的传说。

那个年代，看电视还是习惯，看电影还像盛宴。我们都记得自己曾经因为电影中的镜头泪如雨下，Jack和Rose成为心中爱情最纯美高洁的代言，恨不得在床头把他们的海报围一圈。只是现在回想起来，你还记得那年坐在身边陪你看这部电影的人吗？那个时候几个好朋友，一起相约周末看一场电影，就好像是计划一次出国旅行一样盛大。大家没下课就开始迫不及待传纸条，相约时间和地点。之后三五好友甚至提前两个小时，就在电影院门口人手一瓶北冰洋，跃跃欲试，左右观望。然后在被允许的第一时间挤进黑漆漆的电影院，正襟危坐，等待着放映的激动时刻。虽说是三五好友，但也必定有那个年纪男孩女孩各自的小心思，即使不敢偷偷拉手，也一定是希望能和喜欢的人坐在一起，而内心又不希望被朋友看穿。于是扭扭捏捏、半推半就地挨在一起，虽然嘴上嘀嘀咕咕，心里确实激动狂喜。而当看完电影，可能大脑一片空白，手心都是汗水，虽记不清电影的细节，却记得住暗光侧影里，你好看的侧脸和香甜的气味，"像一块刚从别人手里抢来的大白兔奶糖"，这是当年某个男生对我说的话，记得当时我还哭了，觉得自己竟然像块"傻白甜"……现在想想多美好啊，如果可以，我愿意一直做一颗香甜可口的"大白兔"。

1998年谷雨的气象数据，查不到太多，但记忆的轮廓还算清晰。所以在岁月流转以后，对于节气的感觉多半是靠回忆中具体的风物。那个时候是最适合放风筝的日子，抬眼看到的都是蓝天微云，低头望见的都是青草野花，空气里，好像随便抓一把都是美味，脚底边轻轻踩几下都是旋律；那个时候的街道都特别干净明亮，因为高楼不多，车辆也很少，能骑自行车进校园的人，都绝对是风云人物了，大家更喜欢走路，生活和自然好像刚煮熟的嫩鸡蛋和外层的薄衣，几乎是熨帖在一起的；冷饮的贩卖永远是从一个白色的木头盒子里传来的，盒子里盖着厚厚的棉被，棉被里有五花八门的雪糕，而棉被掀开的瞬间，仿佛就投射出儿时最炫彩的神光，好像山里又蹦出了一个葫芦娃；那个时候的雨，总是很多，所以20世纪90年代的记忆里，总会泛着一点老房子那种潮湿幽暗的气味，吸引着我经常回忆，时不时拿出来翻晒一下，让这些珍贵的记忆，也能镶上今天阳光的香味。其实，谷雨时节的雨就像古代的恩诏，润泽且有节度，不像夏雨奔放，秋雨凄凉，冬雨靡靡，而我们从来不怕衣服被弄脏，鞋子沾上泥，因为几个好朋友放学回家，雨滴敲打的雨伞和脚下踩出的水花，都泛着青春最好听的声音。

2008年 谷雨不语

2008年谷雨，我要大学毕业了。草木虽繁盛，人间尽别离。

4月份是广院校园最好看的时候，两旁的白杨乐此不疲地吞云吐絮，有些飞絮呆呆地立在空气里，呆萌静气；有些调皮地挂在丁香的花瓣上，也想染上香气；也有些非得粘在人的脸上、身上，就只能遭人唾弃了。但白杨的生长路线总是笔直地，仿佛稍有偏差就错过了阳光，而正是因为这种正直向上的生长，才使得彼此只需要很小的空间，却能汇聚很大的力量，聚木成林。林木世界的生存法则，或许我们可以借鉴。

花草世界是背景，人走进去才能点步风景。这一年的谷雨，大一新生经过将近一年的调整润色，已经越来越好看，大四的人因为马上要离开校园，所以半夏的空气，弥漫的都是难舍和浪漫，连早上出门，去宿舍门口买个鸡蛋灌饼，也不敢随便裹身睡衣了，买一个就少一天的青春，还是得在精致的衣装里保保鲜。

谷雨时候的春天都在打点行装准备继续北上，远远在南方看到它的继承者携着热烈与雷电的夏天，已经快马加鞭。

我们寝室的6个女孩，3个人在这一年的谷雨分手，而我，因为还要继续读研，所以无形把毕业的分手季延长了3年。有些事，你早就知道结果的悲喜，但还愿意在过程里去全身心地投入；有些人，你明知道不可能，还是愿意在遇见的时候狠狠依恋。

2008年谷雨时节的雨，也比往年要多一些，两场大雨，一场接近大雨的中雨，成为有完整气象观测以来，北京最多雨的谷雨。

果然这一年，我们都过得不轻松。谷雨之后，马上的汶川地震，让世界的色彩一下子反转了。5月12日下午两点，向来直觉精准的我，忽然打碎了一个杯子。那时候的通信远不比现在，知晓天下事的"万圈"，还只是个圈，还藏在各人蠢蠢欲动的脑电波里，没有打通回路。我打开电视，才知道到底发生了什么，那一天之后的世界，黑白了很久。大学的男友特意从南京赶回来陪我，因为他知道那时候的我内心有多敏感和脆弱。其实我没事，但此刻有一个真正关心你的人，愿意放下手里的一切，只为守在你身边，还是会让你在一生不多的真情遇见中，记上一笔。这个世界的幸福其实都很简单，爱，是一个活体，它从来不是从抽象到抽象，而是从具体到具体。能看得见，摸得着，更能感觉到。但有些你自以为该是的幸福，确实看得见，也或许摸得到，然而你再屏息凝视，再捶胸顿足，也永远品不出幸福的一丝味道，就像杜莎夫人蜡像馆的蜡人，越真实越虚假。

这个世界的痛苦很直观，痛就是痛了，它以肯定形式存在，让你的身心和肉体承受这种煎熬，而幸福虽然简单，很多时候却不够直观，因为它的存在永远是以否定为前提的。痛苦消逝的临界点，往往是幸福感边际效应的最大时刻。因此，只要人在痛苦中，就一定是自知的，但很多时候你明明身处幸福里，却总是不自知、不自足地向外张望。

汶川地震以后，奥运会就开始了，这一年的悲喜切换得很快，好像谷雨还没出门，夏小姐就已经坐在正厅了。

我们挤破脑袋，抢到了朝阳公园比赛的票。穿上代表中国队的球衣，脸上画了可爱的小国旗，手里还迎风招展着一面大国旗，这种拉风的阵容很快被现场大屏幕拍到，可是比赛开始后，在一群前有墨西哥人的玉米饼香，后有荷兰人转动的风车声中，才知道那一场比赛并没有中国队……

2018年　谷雨晚遇

"酴醾不争春,寂寞开最晚。"还真是和谷雨的花信风吻合:一候牡丹,二候荼蘼,三候楝花。苦楝为落叶乔木。花期恰是农历春尽夏来,是二十四番花信风的最后一花了。

2018年谷雨,南北方都提前回暖,江南多地在4月底就急不可耐地掀开了夏天的头帘。北京也提前入夏。20世纪80年代以来,相比50—70年代,北京的夏天平均拉长了19天,入夏日期提前12天,入秋推后了7天。当然春天和秋天又去欺负不占大环境优势的冬天。北京的冬天惨兮兮地切割出去了12天。可惜北京的雨,没有下在谷雨这一天,而是错开了几日,终究的遇见没在当时。

这一年的谷雨,我们恰好都很喜欢李玉刚的《刚好遇见你》。

只是我们的遇见没有刚好,而是错过了好多个谷雨。

这一年的谷雨,刘若英执导的《后来的我们》上映。

想到当年,那些唱着《后来》,在我们身边来过又走散的人,那些认真爱过我们,也被我们深深爱过的人们,真是就这样错过了。

后来的我们和我们的后来,好像人生早已写好的分镜头脚本,彼此的人设里,最终是没有交集的,但是或许我们会一生拥有着彼此。

谷雨不语,愿你如愿。

又是一年母亲节，对于妈妈的爱，甚至比自然的生命都长久和盛大。"滔滔孟夏兮，草木莽莽。"夏，天地始交，万物之盛，从春华到夏秀，自然走过两季，母亲染白双鬓，自然和母爱都是其盛以怀，别有人间。这些年对妈妈的回忆中，好像最多的都盛满在夏天。

因为夏，就是一个宽纵万物、放其生长的时间，此时的自然最慷慨，把能给的一切都拿来付出，希望换来万物不遗余力地成长。但自然又从不娇惯四季，总会在不同的节点切换到下一个适时的培养模式。也是从立夏开始，自然已经在人们看不见的地方偷偷地为秋天整肃，这样秋才能有好的收成。所以自然，是活得最无私、最智慧的母亲！

妈妈，在我们成长的每一步，都含辛茹苦，甘之如饴。她们的爱坚硬如磐石，又绵韧如水流。有一种伟大，直到我们为人父母的时候，或许才能真正体悟，那不是高耸的山也不是奔流的河，不过是片片最细微和低垂的牵挂与呵护。

立夏如你
人间倏尔有了光
万物并秀

自然起身
带着儿时的李子香
捧着初夏的樱桃红
擦亮蒙尘的月亮
叫醒新生的面包

你的爱
有备而来
比水流绵韧
比山川坚毅
你的吻
仿佛自然在石缝中留下的胎记
又仿佛把茶谣划向田歌的船楫

立夏如你
带着解开锁链的流星之火
照亮狼吞虎咽的藤蔓夏花
潮汐的眉宇
让凝视成沙

破土的唇印
把额头的亲吻留下
自然整肃

万物守口如瓶

你爱我的心

隐秘又喧闹

你是我体内深处的夏天

牵起轻盈如泉水的笑意

为我的灵魂

洗漱上妆

厚实的手掌揉碎我心头的恐慌

爱我的身躯立于天地

无畏黑夜洪荒

立夏如你

让太阳忘记白昼

岁月开始彷徨

成长

带着伤筋动骨的挫伤

在不起景观的广场

偷来灵魂舒畅的药方

苍老

在遍野的夕阳里

挑拣玉盏的月光

微亮　微凉

时光

不忍回身看到你的守望

认准前方才是梦的方向

一生情牵

离开

是儿时的房间

归来

是梦里澄澈的心田

荷花带雨浓

夏日的蛙鸣虫叫

水荇牵风的蓊郁

在滚沸的雨气中

饱满 深刻而奇异——

莫不是昨夜的瘦月清霜

早已痴狂

立夏如你

几曾洋溢

春肯住，雨热樱红

夏难消，岫云如碧

秋破窗而入

冬的美和伤轰然而至

青丝华发

眼目低垂

流转，兜兜转转

俯首顾盼

牵着的手渐渐松开

搀扶的手还迟疑在冬的背面

和痛苦 和更多的痛苦

拿生命交换的时光

我愿意 你尽兴

那 心呢

孩子 要努力生活

光一直都在

小满则满

小满,除了小得盈满,也经常会笑看慌乱:江南下着不该有的雨,华南受着太早来的热,北京刮起随心所欲的风,带着本该在冬天就送走的霾,在5月的天空中书写情怀。

　　2020年的小满,在繁忙的"520"之后,正是闺蜜大婚。婚姻内外的我和她,这一年都过得不轻松,好在射手和水瓶的忘性大,经常一行的悲愤还没喷完,另起一行的激情又满满了。虽然她已婚,我未嫁,可是我俩相伴的时间,真的是大份额,她老公最多只是小散户。很多时候,我在想,左手摸右手的感情或许才是婚姻最好的归宿,还有很多牵着的手,是逐渐松开在时间里的。总觉得今年"520"之后的人间,一下子多了好些"小得盈满"的人。维系婚姻不易,寻找爱情更难,疫情迟迟难消散,还是友情历久弥坚。

　　自然是早就悟透了"小满则满",就像庄子所说"天地有大美而不言"。风从四季走过,每一个节气的图画都活了起来,自然的每一个"顺势",都在"可为"和"不可为"之间拿捏得恰到好处,天气随便打个哑谜,自然就焕然成景观,永恒天地,自如常,迎接我们向上。

　　走到此时的天气性情,不再像春天那般调皮躁动,有一些"小满"之后的沉淀,又没有完全饱满后的自恋。那些小口抿着咖啡、大口就着春风的人，也忽然从桌角掀起了一缕盛夏的微光。初夏的繁星，还不敢用自己细碎、未成曲调的步子迈过苍穹，娇羞零散的星光只能踮脚探身而入，而"小满"之后的夜，这些星星，就好像丰收后磨碎的稻谷溢出碾子一样，那般争先恐后、无穷无尽了。

色彩在"小满"，也终于有些大开大阖之意。日子变得柔软明亮，每一个拉开窗帘的清晨，世界都好像充满变彩效应的蛋白石，浸透着一样的圆润和不一样的光辉。其实古人一直在抓住一切契机，邀请颜色从植物和四季中走出来。在欧洲，圣母的裙子，会用一种叫青金石高贵神圣的颜料。《戴珍珠耳环的少女》我们都很熟悉，它是荷兰画家维米尔的作品，他的作品存量很少，但艺术价值极高，当时画中的蓝色皆来自一种叫作"群青"的颜料，这种颜料就是用青金石磨成粉末制成，比黄金还要珍贵。群青的英文是"跨越海洋"的意思，因为要从阿富汗千里迢迢运送到欧洲，这也是文艺复兴时最昂贵的颜料。

我们敦煌壁画中菩萨雕像身后那好看的蓝色也来自青金石，它在佛教里有一个高级的名字叫璧琉璃，清代四品官员的朝服顶戴就是青金石。这种矿石来自阿富汗，在风沙漫天的北魏年间，它们在驼队上，沿着丝绸之路，从帕米尔高原艰辛跋涉到中国，在满脸虔敬的工匠手中，一点点雕琢上色，在烛光照明的亮度半径很小的远古，他们的精神却打造了一种明亮的可以刺破天际的信仰花园。

小满，是我最心仪的一个节气，唇齿发音好听，季节舒适明豁,所以过去几年可以不戴口罩的"小满",当时都以为是自然,如今却心生艳羡,真希望让自己人生的色彩能多点从平日的生活中沁透,再从旅行中渗出。那些年,那些陪伴在身边的人,我们一起在台湾、在巴黎、在纽约,去寻找过我们的"小满则满",时至今日的回味中,依然有心漾的酸甜。

2013年:台湾·小满

台湾是我所有旅行中,最意犹未尽的一站。八天的环台之旅,让我感受到了笑声浸透到云端的垦丁,是带着怎样的一种优雅。太平洋的风和海角的细沙,让你不想多说一句话,景色之美已经饱和到极致,任何的语言修辞和肢体动作反而都会打破绝美的浓度。

绿岛的浮潜,刺激紧张,美好如海,险恶如你。深入海底的每一寸肌肤,能体会到鱼儿用嘴亲吻手里面包的酥麻,感受到用手触碰到海的细腻湿滑,却又只能迅速略过指尖的无奈;有绚丽壮观的珊瑚礁,也有黏湿危险的苔藓,你想驻足停歇,却很难找到心安的落脚地儿。当海水压力越来越大,胸腔好像被挤在一块块硕大的石头缝隙里时,我开始恐慌,把呼吸管越咬越紧,然后就越来越不知道该怎么呼吸。我是天生怕水的人,所以,在一群浮潜人的欢歌笑语里,我是最早被灰头土脸拖回岸边的。好在,回忆里的一切都是过滤以后的,只记得那些最想记住的,那些被我听到的轻轻浅浅不能言说的海底的秘密,蒸发到每一片细软的云朵里,悬浮于每一滴晶莹的海雾中,在多年以后的"小满"时节记起来,还是如此的活色生香。

这里的自然风光清丽而静,和润而远,而人文气息的机车文化确实密不透风地带着几个世纪的铁锈味和嗡嗡声。因为气候、产业和历史等多方面原因,台湾拥有独特的"机车文化",甚至被称为"摩托车背上的宝岛"。上下班高峰的时候,从连接新北和台北市的台北桥匝道驶下,形成一条壮观的"机车瀑布",全年无休。有人曾经说过一句朴素又闪光的话:"文明,就是停下来,想一想。"在这个欣欣向荣、快速更迭的时代,不那么豪迈,却一直在角色内化中没有迷失的公路文化情结,很触心!

2016 年:巴黎·小满

2016 年和 2017 年有幸连续两年代表中国气象团队参加全球国际气候论坛。当中国的声音在世界峰会越来越有分量和影响力的时候,你的内心会充盈着一种比单纯去看世界,更不单纯的感情:骄傲中有责任,激情里有信仰。

可能因为这些情愫,本来小满时节就多雨的巴黎,更是在浪漫中多了几分真实和诗意。早些年很喜欢一部电影叫作《Paris, je t'aime》(巴黎,我爱你),是 2006 年戛纳电影节的开幕影片,讲述了 20 个巴黎街区的 18 个小故事,其中的爱情、亲情、友情和人性善恶贯穿始终。我那时候对巴黎的印象,就好像雨后黄昏的老街道,湿漉漉地泛起一种翻炒后的深邃和古香,又好像年代久远的泛黄信纸,在褶皱里能听到街角转弯揉搓起的酥脆和神秘。

后来很多年，当自己第一次踏进这座城市，才真正理解所谓巴黎的浪漫，或许是一种城市真实的"呼愁"。巴黎并没有想象中那么气势磅礴的天际线，但是在新旧并蓄的光影线条中，勾勒出了一座城市的美德。好像只有你去聆听一座城市的过去，并以文字撩起废墟的忧伤，你才能真正听懂她的诉说……

小满时节的巴黎，雨水中甚至是阴冷的，而季节对于巴黎女人是最没有指向性的。无论哪个年龄段，优雅都是终其一生的追求。你转身还没准备好迎接这座城市的真实，她随便裹个披肩叼支烟的精致、从容、自信就已经比香水更先扑面而来了。而这一切地上的色彩风景和地下铁的破旧古老又呼应成趣。1863年1月，英国伦敦诞生了世界第一座用蒸汽机车牵引的地铁，之后全球围绕地铁的各种艺术生命也盛大强悍起来：莫斯科地铁站中绚丽多彩的雕塑，苏联名画家杰伊涅卡的马赛克壁画，充分体现"斯大林式新古典主义"的马雅可夫斯基站，巴黎地铁蒙马特高地站的层层壁画……都成为了城市著名的地标名片。仿佛地上的是景观，地下的是机关，而我们像在历史的车轮下面寻宝一样，却可以探究到比车轮后面更多的谜底。

此刻，你好像是个好奇又不安的小孩，看着茶壶冒出的热气渐渐凝结成窗上的水珠，你还是愿意用手指去试探地划开那一层轻薄的氤氲，因为你知道此刻窗外的巴黎，是最知足而性感的。

2018年：纽约·小满

来纽约之前，我预设了很多种见面的情节，但来了之后，我把自己内心所有微笑的方式都重启了。最庆幸的是在全球新冠肺炎疫情暴发前,我还是决定"走路去纽约"。

在自由女神像触摸她的城市之魂,在时代广场倾听她的心跳,在大都会艺术博物馆探寻她的来路,去中央公园感受她的呼吸,去布鲁克林大桥探嗅她的壮阔,来华尔街领略她的风采。

然后我转了一圈又一圈,在小满时节的纽约,有点像同纬度的北京,依然是春末夏初,天气多变是最大的不变。有时候也会感觉心被城市填得太满,思绪不能完全舒展手脚和灵魂对话,最终还是愿意在"小得盈满"的黄昏,在喧闹的纽约也略有倦意的时刻,依偎在哈德逊河旁,只是静静地看着川流不息一点点变为万家灯火,好像内心狂躁的痛痒已经封印,还有一些细碎的轻痒在骚动,而对河水的每一次凝视,都可以让内心的敏感被恰到好处地挠一下。

好像飞越半个地球,漂洋过海的相见,只是不着色相,实为止痒而来。

阿兰·德波顿在《旅行的艺术》中曾经表达过这样的意思,就是旅行也是可以用想象实现的一种精神愉悦,比起计划出行、收拾行李,以及舟车劳顿和应对未知的变数,只是在美好的窗边,喝一杯咖啡想一下即将的旅行,可能更有吸引力。但我觉得来到纽约以后,任何的想象都无法给予你那种内心充盈的感觉。这也许不能叫幸福,因为就是有了一些突发的状况或者未达成的心愿,这样的旅行才真的是灵魂饱满的。它让你真实地体会到了每一种当下的感觉,置身一个陌生城市,其实你会遇到很多个不同情境中的自己:突然大雨滂沱的中央公园,风驰电掣的布鲁克林大桥,手机突然没电的大都会博物馆,被空调冻到手脚僵硬还要强忍着看完《歌剧魅影》,第一次在全世界最复杂的地铁寻找出路的迷茫,在哥伦比亚大学像哈利·波特城堡一样的图书馆体味知识盈满全身的喜悦,最后被朋友安排到头等舱回国的心安……虽然纽约是一个人的独自旅行,但是我丝毫没有孤单,反倒比平时的结伴出行更多了几层内心的丰富。

在洛克菲勒中心顶层眺望帝国大厦的时候,真的可以感受到曼哈顿的城市心跳,这里聚集着各色的人群,我们带着各自的故事和心情在这个奇异的夜晚相遇。在这个喧嚣又极为宁静的矛盾的深夜,我一点都没有觉得陌生,就那么凝视着曼哈顿,她也在回望着我,我们不用说话,就能听见彼此。她在柔软的晚风里,牵起我的手,美好的我,青春的我,落寞的我,酸楚的我,异化的我,登出的我……一个个我整齐地依偎在她的臂弯,这是一种在熟悉的城市绝不可能有的体验,这一秒世界没有了价值观,一切都是价值,一切都未曾逝去,都是不可分割的整体。10岁没唱完的童谣,垂暮之年会有人给你唱完;20岁丢失的爱情,30岁会以亲情的方式再现;30岁攀不上的高峰,生活会在之后的岁月托举起我们站在那里。

人生不是一场无限游戏,我们纵使努力不下牌桌,也不可能成为终极玩家,自己也是自己的看客,所以一切的感情都是八分饱,不必入戏太深。只是四年以后,当我坐在这里重新回忆当时的画面,是真的有点寂寞的感觉了。恍然间一遍遍听到曼哈顿凌晨还此起彼伏的警笛鸣响,是那年在我心底放下的一颗最长情的寂寞炸弹。之后的夜晚,但凡有寂寞的晃动,那颗炸弹总会被点燃。我的绮思和脏器向着幻觉的两极扭曲,像一只背负着愿望和绝望的天启之兽。

那是一场一个人的旅行,但现在的我离当年好像不仅远隔了4年的时光。那年的小满,纽约总是下雨,我就那么青春畅意地每天2万步起穿梭在纽约的街头和天边,那个在曼哈顿可以畅快呼吸的我,不会想到一年以后全球那么多人会被困在一场疫情里,可能在很长的时间都不能摘掉口罩。还有当年那么在乎和笃定的人事,连再见都没说一声就消失在回忆的地平线上了。

原来一切的消失都可以在走向远方的时候再回来,但是现在,远方比诗更奢侈,我们到不了啦。

空,或许才是最大的满。

芒种很忙

立夏，把一年的调子定了，小满加强一下语气，再佐以芒种铺垫，季节就真的递进到夏天深处了。芒种，就是有芒的麦子应收，有芒的稻谷该种。而人却总想绕过这些简单朴素的定律，追求丰富却又很难自持。于是就让这个当下只讲求效率的时代，很难微尘中见大千，刹那中见终古。

芒种最早出于《周礼》："泽草所生，种之芒种。"芒种以后，稳重的夏天在衍进：自然色彩丰富，人间行色匆匆。

芒种是自然一个重要的节点：麦子到此始熟，水稻过时不种。麦田渐变金黄，麦粒已成青白；麦穗梢头有蓝色的雾霭，稻田一片怡人的新绿；雨前天空是白红色云团，草厚螳螂是飞捷如马；金色阳光下是不闲的土地，繁忙的土地上是辛劳的农民。

芒种是"儒家"一个积极的动词：房前屋后有拼命吵闹的鸟雀，南北窗外有前仆后继的竹林，晴空云下有余情未了的花香，路边山间有细密五彩的浆果。每一个物候轮回，自然都在不动声色地看戏，而大地上的一切都在倾尽一切地演戏。就好像《中庸》提到的知与行，知是道问学，行是尊德行。因此有："今夫地，一撮土之多，及其广厚，载华岳而不重，振河海而不泄，万物载焉。"

芒种是"道家"一个善意的提醒：有些地方，小满时节已经大满,小暑时节已经大热,唯有芒种,是"四野皆插秧,处处菱歌长"。道家讲究,物无大小,皆触目成像,触心成理。顺应时序,要"凄然似秋,暖然似春";不受外物干扰,若一志,就要"无听之以耳,而听之以心"。而此芒种,年已过半,忙的人继续奔忙,闲的人也愈加恐慌。时,条理地稳步推进,人,纠结地很难静心,你想安静地做只火一样的石榴花,旁边非得立一棵比火还热情的合欢树,进退维谷间,赤金一样的大片萱草又没心没肺地结伴而来。

芒种有多丰富,人间就有多繁杂。倒是齐白石的《稻雀图》,真是越清丽越犀利。"凡事只求过得去,丹青何必苦言工。"

芒种看似欣欣向荣,也承载着分崩离析。芒种时节的第二候:䴗始鸣。《诗经》有"七月鸣䴗"。䴗,指伯劳鸟。伯劳飞燕自西东,离愁万种,酷暑一到,便再无温情。可仲夏夜本应寻梦何须忧伤,自有花香清风乘愿而来。

栀子花,就是在芒种和夏至之间而来的。好像一片片玉瓷被月光打磨,泛着微光和清香,在合欢、蔷薇、含笑都已经败落之时的芒种,她却开得清朗勤勉,气定神闲。好像有些虚度,却总会长出翅膀。栀子花的香味和体态都不急不躁,有《天演论》中"信、达、雅"一样天人合一的译者境界。她虽不像荷花那般声势浩大、遮天连叶,却让每一个夏夜都因此而辽阔悠长。

芒种之后,长江中下游缠绵的梅雨开始,春天逐渐被雨水从空中压实到了地下,春逝花落,再晴就"方觉夏深"了,因如此离愁凄婉,自然在《红楼梦》中是一个出现频次比较高的节气。"黛玉葬花"和"宝钗扑蝶"这样的名场面都发生在芒种时节,分别是在第23回、27回和28回。另外第62回的香菱斗草和宝玉葬花也都发生在芒种。这里的葬花其实也是宝黛命运的诗谶,从爱情的萌发,到自我的认知,转而走向家族的衰败和生命的消亡。

据说芒种时节的落花多是凤仙和石榴花,黛玉看到水中落红成阵,难怪会哀怨忧伤:"柳丝榆荚自芳菲,不管桃飘与李飞,桃李明年能再发,明年闺中知有谁?"如果当年黛玉转身看到栀子花,不知心境是否会峰回路转。

芒种除了忙着花谢花开添愁怨,各色的水果生鲜也凑过来准备迎接"上蒸下煮"。都说小满采樱桃,芒种摘桃子,夏至啃西瓜。芒种时节能吃的何止桃子,蚕豆这时候已上市,可以连皮一起煮着吃,绝对香嫩可口,好像又回到为终生口味奠基培土的童年,至此一味,别无他求。螺蛳、龙虾、黄鳝也应季巡游而来。极度喜欢日料海鲜的我,也忙着在刺身、寿司之间寻找味蕾最好的黄金分割点。龙虾分公母,公虾钳子大,母虾屁股大,如同对大闸蟹的公母所爱各不同一样,对龙虾的终极喜好,最终简约成人与人间真诚的问候:"今晚吃屁股还是来对钳子?"

当然芒种期间,最忙的还是天气。四月天不易,五月天也难有清减。高温和暴雨成为你的南方和我的北方当仁不让的主角。北方是赤裸裸的暴晒,干净利落脆。30℃家常便饭,35℃屡见不鲜,40℃也来去自由。

而南方的雨是策略布局,逐步北上。刚开始是华南端午前后的强降雨,适逢江河水位大涨,因此也称为"龙舟水"。芒种走着,雨带也跟着，逐渐转战到长江中下游，让梅雨季华丽丽地开启，而且地域上延伸到韩国、日本，跨越国界。其实，在东汉时期就有"梅雨"这个说法，它也是一个有2000岁故事的词了。

冰雹，算是芒种期间一个天气的调剂品。虽不像暴雨高温那么招人耳目，却也是6月的华北不曾消失的风景，北京一年中48%的冰雹都落在6月（1991—2020年平均）。下一个雨天，你听到的那些清脆敲响屋檐的声响，不只是和你躲过雨的回忆，还有初夏冰雹的轻鼾。

除了这些年年岁岁相似又不同的天气，从2019年末突如其来的疫情开始，我们已度过了3年不能摘口罩的芒种。相似的口罩挂在不同的脸上，背后遮蔽的是一片片横七竖八极度无助又疲惫的相同灵魂。有时候真的不知道我们拼死熬过漫长冬夜之后，还有多少个早已安营扎寨的倒春寒等着我们。

不过也许我们该庆幸，摘不下的口罩，让我们觉得人间其实真的不需要太多声音。张口越多，灵魂之门闭合越紧。巴黎卢浮宫前，法国向导用拙劣的英文介绍蒙娜丽莎的画像，蜂拥的人群用夸张的惊叹说3分钟的赞誉之词，这一切都与达·芬奇作此画费4个寒暑的精心结构形成鲜明对比。此刻丽莎夫人脸上的神秘微笑，你很难分辨是向善还是怀恶。

和天气一样，世间一切的存在和忙碌都是合理的，但疫情的到来，更让我们知道一切的逝去和放缓也是难以抗衡的。这是否也能让我们真的愿意作为一个旁观者重新看看自己，换一幅光景过这一生呢？

一直非常喜欢英国散文家 R.L. Stevenson（史蒂文森）说过的一段话："我们这样匆忙地做事、写东西、挣钱财，想在永恒时间嘲笑的静默中有一刹那使我们的声音让人可以听见，我们竟忘掉一件大事，在这件大事之中这些事只是细目，那就是生活。我们钟情、痛饮、在地面来去匆匆，像一群受惊的羊。可是你得问问自己：在一切完了之后，你原来如果坐在家里炉旁快快活活地想着，是否会更好些……"

夏至未至

失重

我总想在田野里阳光下
找到你的影子
我不小心碰到了种子的头顶
丝滑奶香的蓝色空气
将我托举

就是这一天
在阳光那么好的盛夏光年
灰鹰 蚱蜢 黑熊 天鹅
谁跪在草里
唱着创世纪的诗篇

我的身体像芦苇一样
轻蔓在风的指尖
弹跳进你的身影
花儿们开始燃烧
在沉默森林的唇边

是这不合理的失重
让我迷恋

无需恐慌
也不必怀疑
夏至的正午
北回归线沉重 带电
除了虚空和风的拜访
我被剥去外壳
擦亮

干净而炽热的街道
在田野深邃的眨眼间
浮现
你在失重的自由里
褪去身影
长出狂野和盲目的翅膀

这是你和太阳的选择
不是我的誓言
也并非自然做了手脚
或者相遇错了时间

夏至：你的影子在哪里

夏至，我国夏天的面积迅猛扩张到525万平方公里，厚积薄发的夏脱颖而出，而夏天最骄傲的日子里，影子却最低调。

其实，在最初我们没有发明二十四节气的远古，就是"观影识天"。那时候立竿见影，发现一年当中，每天正午影子的长短都有变化：最短的那天定为夏至，最长的那天选为冬至。

我们从小就知道地球绕着太阳转，也知道彼此存在一定倾斜的角度。可就因为这点不够专情的小倾角，给世间带来了大剧情，导致后续一系列蝴蝶效应般的连锁反应：我们有了白天和黑夜的长短变化，也有了四季更迭的阴晴冷暖。有了倾斜，太阳就不总是钟情赤道，夏至就翻了北回归线的牌子，因此对于北回归线以及以北地区，太阳高度角达到一年中最高，更靠近我们的头顶，由此影子就最短。而在北回归线上的城市，像是广州等地，正午时分，真是"立人不见影"的。反过来，冬至时太阳直射南回归线，此时我国的太阳高度角最低，太阳斜射下来，影子也就最长了。而这一切和你做人的品质、境界、信仰其实都毫无关系，也没必要想太多。

夏至：想要哪种烹饪风格

夏天往往有两种烹饪风格：干热和湿热。夏至，是北方干热天气最多的时间，所有对夏天的回忆和情绪里都拧不出一点点水分，全是干货，有没有孜然都是浓香型的。这个时候如果没有云层遮挡，这种热，会让你重新思考人生，那些记忆夹缝中的小情绪，都可以拿出来翻烤晾晒一下。每天10点到15点,是光照紫外线最强的时候,皮肤最好躲在屋内,被子可以甩到室外,对彼此的心灵成长,身体净化都有好处。这时候的阳光,会让你涂抹的防晒和隔离都忍不住笑场回撤,这种真刀真枪的战场,还是自行退下为妙,不然你让那些飘扬在天际的防晒"+++"号如何收场变成"三条黑线",才够体面呢。

副热带高压像一个勤勉奉公的厨师手上的餐盘盖,今年向北多扣点,明年说不定又南撤少盖些。这一扣,里外就两个世界,立马就两重天了。扣上的地区晴热暴晒,边缘往往雨热皆在——不下雨时湿热难耐,下起雨来暂时凉快。夏至,长江中下游地区就在副热带高压北侧边缘,不仅是"雨水的长情",更多是"开水的狂欢"。"时暑日烈,其水之热如汤",天气和生活不知道是谁在镜子的前面谁在里面,都是全心全意重复传说,让看戏的、演戏的正襟危坐。

这时候华北像烤箱,华南似蒸笼。夏至时节虽然华北午后地面的温度已然能达到50 ℃—60 ℃,华南湿热的感觉也像把人按在40 ℃水域中来回蒸煮,可是热的最高级,还远远没到。因为地面接收热量,再反馈给大气是需要时间的。就好像晴朗的天气,虽然正午光照最强,但往往下午气温最高。同样的道理,一年中,夏至的光照最强,但是夏至后面的小暑、大暑,才是热的强势军团,大举入侵。之后阴气逐渐上升钻出地面,天气又渐变凉爽,便临近秋天了,阴阳之间,自然内外,就是这样此消彼长,岁岁年年。

我们夏天习以为常的冰镇生活,在古代还是一种特定阶层才有的待遇，古人是按照等级才能接受"赐冰"的，多寡不同。夏至之后进入盛夏，好像冬至以后踏入隆冬一样，我们开始数伏，冬天开始数九。数伏始于秦汉时，一般是夏至后的第3个庚日。《红楼梦》第30回著名的"龄官划蔷痴及局外"就发生在三伏天：宝玉独自走进大观园，起初还是"只见赤日当空，树阴合地，满耳蝉声，静无人语"，立马就"伏中阴晴不定，片云可以致雨，忽一阵凉风过了，唰唰地落下一阵雨来"。根本无须"昨夜三更雨"才得"浮生一日凉"，几个时辰间，就不见斜阳，浸湿凉了。

夏至：说走就走，无问西东

夏至未至，经常会选择这个时间开启大阪和京都的行程。去日本，不为樱花，不图飘雪，只想有酒有歌，有诗有画，有你有我。

在日本，你很难找到一个被漫天抒情的城市，好像每一个城市的气质都有一个明确的标签。更像一个严谨的科学家和质朴勤劳的农民，他们喜欢摆事实、讲道理、列数据，朴素、精确、严密。你喜欢吃鳗鱼，可以找到那种百年老店，真的是上下三层都只做鳗鱼，干烧的、清蒸的、烤制的、红焖的……不同的做法，调制出味蕾和鳗鱼之间不同的调性，你或许会很满足，但也只能满足于此，因为全店上下不会再有第二种鱼供你选择。在他们眼中，美食是一种消遣，更是一种态度。

如果你喜欢抹茶，就可以在京都的二条城和清水寺附近找到各式各样的抹茶甜品。抹茶的冰沙、泡芙、冰淇淋、麻薯，叫得上名字或者叫不上名字的，你都可以用眼睛看出食物背后隐藏的人们对生活一丝不苟的态度，像雕琢艺术品一样的精神品质。

可能是这种精神的感染，在很多公共场所，日本的小朋友无论是躺在婴儿车里还是依偎在父母身边，他们都很"谨言慎行"。不是在熟睡状态，就是在四处环顾。总之，语言，似乎是他们对这个世界最后一道认知的关口和需要表达的选项。之前的所有一切，眼睛和肢体都可以去洞察、去透析。

夏至已至，无问西东。蓝天被热得失去表达能力，人间的灵感却被蹭出新的火花。

在这个"数枝石榴发，一丈荷花开"的时节，有对华南蒸煮热的描述："自从五月困暑湿，如坐深甑遭蒸炊。"有对江南梅雨季的刻画："一犁梅雨，前村布谷正催耕。天际银蟾映水，谷口锦云横野。"有对逃离华北干热晒的憧憬："杖藜徐步转斜阳，殷勤昨夜三更雨，又得浮生一日凉。"

夏至的天空，雨水和高温忙着瓜分领地，我们也在分不清是热，还是热情的感觉中，越发努力地生活成长。既然已经热成这样，你自己陡然冷却好吗？虽然不是每个人每天都能幸运地感受"活着真好"，但至少也天天保持一种倾角向上的生活状态。融入"接天莲叶无穷碧"中，也可各自芬芳等风来。可以朴素的清浅，也可以用心的深刻；有些事无须说破，有些话也不必摊开。

就好像那些年懂事地选择盛夏开场的世界杯，就把这天时共序、人情到位很好拿捏了。没有冰镇啤酒和烧烤的足球是缺少灵魂的，就像必须得有那些在世界杯赛场上努力寻找詹姆斯和姚明身影的女孩们，那些夜晚才能安心地吹着暧昧的晚风一样。

在自己的世界里声色并茂到日出又日落，自己世界以外的一切都是虚空，都是捕风。也罢，何必去提醒别人的生活该怎样。这样的命题，让我想到费米悖论："宇宙中是否存在人类以外的文明？"简单推断吧：不打搅别人的幸福，本身就是离幸福最近的距离。

小暑很神

天气的奇妙在于：它永远有自己的阴晴冷暖，而从不管你是喜是悲。

生活的奇迹在于：无论你是喜是悲，都要去接受生活中那些没有奇迹发生的日子。小暑不小，小暑很神。

小暑的神首先体现在日期和雨热上。二十四节气的起始日期一般每年都会有一两天的偏差。但是小暑节气从1984年到2019年，都是7月7日；从2020年到2048年，每4年的闰年是7月6日，其他平年都是7月7日。因此，小暑在二十四节气中的波动是最小、最稳定的。

小暑的热，是针脚细密的领尖袖口；大暑的热，是浩浩荡荡地批量成衣了。小暑，把人间变成盛满热水的铁锅，人在里面无奈无助地翻滚，蝉在树上甩开膀子鸣叫；大暑，把挣扎的声音围剿，把庇护的铁锅融化，还在身边恣意地滚来滚去，就是不滚开。

小暑是溽景薰天，炎光折地。暑热是上升的，阳光是蜇人的，热气是浸入的，皮肤是生疼的，真的是惹不起也躲不起的。陆游《逃暑小饮熟睡至暮》中写道："虚堂顿解汗挥雨，高枕俄成鼻齁雷。静听风声生槛竹，徐看日影转庭槐。"多有意思，躲到梦里还在擦汗。古时候的热，仿佛多半都是在羽扇、沙厨、台榭、槐叶、藕花、荷塘里才能降降温的。

小暑和大暑的热,经常没大没小。并不是小暑的热都逊色于大暑,阵痛的爆发不见得小于隐痛的长情。小暑往往属于神级炎热的点映,大暑才是大量排片的公映。我们数伏天的日子一般是从每年7月中旬开始的,也就是在小暑节气的下半场进入三伏。平均气温最高的天气通常就集中在小暑和大暑期间。如果二者一定要比个高下,那可以从对我们生活的影响大小看,人口相对稠密的长江流域和黄河下游到淮河一带,确实是大暑期间最热;也可以从历史溯源讲,在二十四节气起源地,从黄河中下游到长江流域,大暑期间平均气温更高。

说完了热,再来看雨。小暑的雨,最偏爱二十四节气的发源地河南。在小暑期间,我国的主要雨带一般在:四川盆地—陕西南部—河南—山东这片区域。郑州一年中降雨最多的时间就是在小暑节气(2021年7月20日,河南郑州遭遇了罕见的特大暴雨,就是出现在小暑期间)。到了大暑时节,主雨带会北上到华北、东北一带,所以对于北京,大暑节气往往是一年中降水最丰沛的时候,也就是我们常说的"七下八上"。七上八下的心经常淋湿在七下八上的雨中。

不过说到小暑的神,我印象最深的还是2018年小暑节气那天上映的《我不是药神》。"神"的日子上映一部神的电影,天地这样的巧合都不知道是不是巧合,其实我一直觉得所有的巧合都是注定的。那一天肉体和灵魂在静悄悄的丰满中被炸裂。后来听说2020年已经开始筹备《我不是药神2》了。《我不是药神》和那年的《三块广告牌》一样,是我多年以后提及依然忍不住要多说两句的电影。

它们的立足点有些相似，故事的开口都不大，埋线却很深。平凡的小人物，带着起初自己不曾觉察的善与恶，被一步步推着走向生活根部。这两把悖论的利剑，勇敢地插进血淋淋的生活，狠狠划开一道口子，在始终不见硝烟鲜血的白日黑夜，去面对自我，审视自我，鉴定自我，升华自我！

演不起眼的小人物，抓住他们的小眼神，拿捏他们占小便宜后的小节奏，这份珍贵的"小"，是那些流量演员硬坳都坳不出来的。但也正是这份难能可贵的"小"，在见大，在生长的过程中，透射出了最绚烂的人性光辉。所以从演员的角度来说，他们绝对是优秀的"A股韭菜"。我本来以为程勇在法庭最后的发言可以像韩国电影《辩护人》一样震撼慷慨，可是，他毕竟不是大律师，他只是生活里的小人物，他只说了句"不忍心"这听上去不够力度，甚至有点"怂"的话，却一把揪住了人心。或许这就是我们文化的根儿，这根就是从孟子的"吾不忍其觳觫"开始的。

《我不是药神》带着微光而来，却留下强光而去！它的稀缺性就带着无数的社会价值符号，它冲破了禁锢在人性四周的枷锁，那是一种最透彻的分崩离析和最残忍的刀光剑影。在最终未能反转的剧情中，却成功反转了现实，反转了人性。让那些从你眼前飘过的小人物，在心里深深扎了根，看到他们，你好像看到了某个人生阶段的自己，此刻，双双泪目，就是那么真实地站在你的眼前，无言也无惧。

这个世界，有些痛苦，能让你一哭了之是仁慈的，更多的悲伤是哭不出来的,你只会觉得内心所有的触角都被切断了感知回路,心底被冰封在一个钝感无光的世界里,任由现实层层撕裂煅烧。

我第一次近距离贴近死亡是在2003年外公因病去世的时候,心里的痛,比小暑的热还见缝插针,无休无止。人,只有在没了的时候,也许你才真的知道什么是没了。早些日子在大学读书时,我就经常想一个问题,也许现在的我并不是真实的我,我只是一个入戏太深而未能自觉的人,我每天的生活被涂彩、被抹粉、被抛光,然后才示人。可是如若当我站在生命最后的端口,我是否真的希望自己是这样走过了一生。反过来,当还有能力做些什么的时候,哪怕你不能治好这个世界,但是你能治愈自己,至少敢于直面自己,也是好的。

人性是复杂的、多面的,再坏的人,灵魂的残渣里也有一丝向善的微光;再善的人,内心的底色上也会有魔鬼的爪印。从假装很神,到真的很神的程勇,就是这样。如果你愿意,我们就一同再回溯到2018年的夏天——疫情开始前的倒数第二个没有口罩的夏天,去重温一下这个让泪水汗水齐流的神奇故事。

每个人都在抗争,又都在接受;每个人都在改变,也都在顺从。

是积极改变,还是不得不变?我们先说说吕受益,他是整部电影的提亮色,总是温暖地出现,甚至连离开都是温暖的。他是那种了解生活全貌,还勇敢热爱生活的人。因为儿子的出生,他身患绝症却舍不得去死,积极想办法改变自己和其他病友的命运,在程勇"火锅散伙席"上最后一个心怀幻想不愿离场的人……但一年中，因为没钱买药，已经病入膏肓，被疾病吞噬尊严和灵魂的他，最终也走到了割腕自杀这一步。他最后在病房咬着毛巾声嘶力竭地哀号，或许是他对这个世界最"不温暖"和最无力声讨的对抗了。

再看经历了人生四个阶段后蜕变的程勇。刚开始他的人生就像他开的破旧面包车，是一堆破旧零件的堆砌，粗劣，低俗，暴力，随时可能会崩盘挂掉，但就算这样他依然是一个孝顺的儿子，是一个慈爱的爸爸。第二个阶段，他偶然发现了挣钱的门路，于是开启了自己的掘金之路，带领着兄弟姐妹进入开始感受用哪个锅底涮钱更爽的阶段。这个时候的他，是贪婪的、霸道的、自私的、无畏的，但同时又是有骨气的、讲义气的、懂悲悯的、知善恶的。程勇人生第三个阶段的开始，也是电影剧情第一个大的反转，是在一年以后。他是为求自保，还是只能自保？程勇因为怕被抓入狱，无法照顾老人和儿子，在考虑到生活最实际的种种现状后，决定退出药品走私。他利用赚的钱开了服装厂，做正经生意，也算风生水起，成为洗白后的"程总"。这一年几个关键人物中，他的生活是最平静的，也是唯一走上坡路的。直到他为了接一笔大单子，不能第一时间赶去救吕受益，在车里的后视镜看着吕受益的妻子跪在地上悲痛欲绝地哭喊。这一刻，他曾经坚毅的选择崩塌了，不能再一次视而不见、自欺欺人地走开。在已知别人生活剧情的途中离场，活在自我构建的虚假繁荣里，这种视而不见，本身就是一种原罪。

斯宾诺莎在《伦理学》中曾说："自我持存的努力乃是德性的首要基础。"这句话包含了西方文明的真正原则，当然这里的"持存"对于程勇而言就是首先要和生活赤诚相见。所以，这一次是他的灵魂被拷问到自我蜕变的大反转。进入人生的第四个阶段，也是影片的高潮和结尾：我宁愿把这道选择题做错，也不想填写所谓的正确答案。

电影最大的震撼就在于，走到这一步，几乎所有主要人物的人生，都冒着彻底出局的风险，决然地走向"错误"的选择。人性在剧情里，反转成这个角度，主题还决然不偏，这个电影真的有意思了。"正版"药贩子张长林，他面对威逼利诱竟然始终没有供出自己的敌人"盗版"药贩子程勇，在人生对错标准里，他这样选肯定是错的，但他还是选了；正义凛然的警察曹斌，在强硬铁面的局长和无情无私的法律面前，放弃了案件，递交了辞呈，在他的人生评判标准中，这样的选择显然是颠覆三观的，但是他也决然地做了；"假药神"到"真很神"的程勇，从最初的自私到后来的自保再到最后的自燃，他的人生走到此刻真的是"燃"了。从送走儿子，准备坐牢的那一刻起，他就知道自己彻底放弃了"正确选项"，但是他还是义无反顾而且全力以赴地去做了。因为他明白，这个世界虽然很少给你奇迹，但是当你勇敢地和他肩并肩站在一起对抗的那刻，奇迹就已经在悄然发生了。

我不知道人性到底该怎么去定义，好像晴空万里，突然暴风雨的天气；好像那些一直走路身姿优雅，却总被时代误伤的条文真理，他总是在一点点突然、一段段犹豫后的选择里才会呈现。

本来我要是那样选择，本来我要是走那条路，本来我要是再坚持一下……那么多的本来如果，却没有成就今天你的模样，偏偏在某个关键节点你做的自己当时都理解不了的选择，才有了后来勇往直前、义无反顾的我们。

原来那一刻，你才终于做了一次真实的自己！你要做一个好人，你的对手未必是坏人，甚至都未必看得见，但你还是要努力用心去做一个好人。做决定只是一个基本的开始，以后对生活所有的担当和责任，才是最需要你勇气的关键时刻。但我们的一生，或许就因为这一刻，而彻底不同。你真的可以比想象中更坚强，比自以为的更勇敢，比曾看透的更乐观！

大暑淋漓

大暑，我很小的时候就认识它了。估计是二十四节气中，我第一个记住的节气。小孩子的世界简单又直观。大暑，就是大树或者大叔嘛，这么生动的发音，我觉得念完这个词，一下子树上就蝉鸣起，天儿就暑气满了。

　　大暑，也是从字面上看和夏天有关的最后一个节气了，之后就立秋了。好像夏至刚刚切开的半块冰镇西瓜，一勺勺不舍得吞咽，稍纵即逝的甜蜜汁液，触碰着从口腔滑落到肠胃的每一个兴奋灶，然而就这样一勺勺埋葬了夏天，在夏的尾巴上又凿出一个秋的轮廓。而如果把一年的气温走势看成股票价格，那么大暑就是赶顶的阶段，此时得赶紧出手卖掉了。立秋，这个听起来就比大暑苗条很多的词儿，也真的意味着瘦身减负后的气温整体回落了。但很多时候是气温减了，体重却没减。

　　大暑，是一个很有领导天赋的节气。它可以调度华北东北的降雨，可以启动长江中下游的高温，甚至可以给人工始终无法干预的台风引领路径。之前我们说小暑是个很神的节气，那么大暑就是个很拽的节气。拽到自然的风雨雷电，人生的喜怒哀乐都很淋漓。

　　大暑的淋漓，是因为它的核心领导力是一个庞大的家伙——副热带高压，我们简称"副高"。副高其实是一个比较复杂的天气系统，而它在大气江湖的霸主地位可不仅仅是传说。刚刚成为气象节目主持人的时候，我就是谈副高色变，不仅仅因为它的抽象，更因为它的强悍。

从20世纪40年代起，就有人提出用军舰和飞机大炮消灭台风，或者铺设一层巨大的薄膜来抑制海水蒸发，或利用成千上万个风力涡轮机组成的海上风电场来削弱飓风力量……然而类似抽刀断水的道理，你挥舞的刀剑越起劲，水流得也越欢畅。台风是大气的一种涡旋，其实就是自然界中的巨型蒸汽机，它蕴含的能量非常惊人。一个台风的能量相当于成百上千颗原子弹，你试图用简单粗暴的可视化外力让它折服，只能从台风眼里挤出一个"呵呵"。

然而如此飞扬跋扈的台风却被副高"牵着鼻子走"，沿途服服帖帖地制造猛烈的风雨天气。好像宇宙间万物都有自己的逻辑链条和因果轮回，副高引着台风走，月亮绕着地球转，花开花谢又一年，云卷云散两不倦。无论是抽象高远，还是亲肤拟人的物象，也总有一款宇宙的同类适合你，并不遗余力地制约你，这或许就是自然伟力吧。

在副高内部是庞大的下沉气流为主，因此副高控制的区域，像是众多江浙沪包邮地区，真的在大暑时节，是晴空万里，蒸煮烤多档位的霸气组合；同时在副高外围的引导气流作用下，大量暖湿气流北上和冷空气相遇，又在副高边缘上演疾风骤雨的霹雳桥段。

大暑时节的天是真热，也是真热闹。但它们遵循自然本质的规律和原则，热闹得不乱腾，以局部地区为单位整整齐齐地热闹着、淋漓着。雨热混杂的北方看骤雨初歇的南方，不纠结也不嫉妒，拉上窗帘，屋内淡酒清茶的惬意，也依然有金不换的时光。然而我们却不同，虽然每个人都懂得很多道理，却终究过不好这一生。

大暑——雨淋漓

提到梅雨，首先想到的是南方，其实梅雨，不仅可以跨越国界，覆盖到日本韩国，也可以横跨南北——如果把夏季风北侧前沿的梅雨锋降雨，看作广义的梅雨，北方七八月的雨，也有些梅雨的韵味。北京"七下八上"的雨，弄得人"七上八下"的心，欲静不止，其实何止人心，阴雨天，连蝉鸣都是嘶哑的。每年7月下旬8月上旬北京进入一年中最多雨的时候，不仅是北京，华北东北这个时候都集体跳进"广义的梅雨"季节。大暑的雨，之所以淋漓，是因为自此以后，华北东北一带的雨水会慢慢减少，好像弓弦，在大暑时的雨水，就是拉到了满弓，识时务的物候轮回，当然会在之后更加惜力，松一点，这是为了来年更果敢的蓄力。

自然最大的智慧，就是它的张弛有度，雨多了会消退，干旱了会润泽。它不会一直做一个背着太阳走路的人，让影子总要比身体前一步。这就好像欲望和行乐的关系。不停地喝海水，只能让你更加口渴。你控制不了自己的欲望，就总会被它控制。"当我们无力增加财富，又不断企图增长权利时，不满之情就油然而生了。"积极来看，感情的活泼有时候让你欲控而不得，因此你的心绪就不定。而我们在必要的时候需要一种外力的牵引和内力的配合，把游离不定的感情引到一个可以观想、安顿、向上的地方。

托尔斯泰的《战争与和平》中亲历战争、遭遇身体和心灵重创的安德烈和一度被婚姻及社会诋毁抛弃的皮埃尔都曾经历过这样的心绪引流阶段。后来皮埃尔在教会中忽然找回了内心的力量，他曾经和低沉悲观的好友安德烈说过这样的话："既然我看见，清楚地看见那从植物发展到人类的阶梯，那我有什么理由认为那看不见底的阶梯只到植物为止呢？我有什么理由认为，这阶梯到我这里就中断而不再向前伸展，伸向更高级的生物呢？我觉得我不会消灭，就像世界上没有东西会消灭那样。我过去存在，以后也将永远存在。我觉得除了我以外，我的头上有着神明，世界上存在着真理。"

而拜伦的诗或许是从另一个角度告诉我们什么是知足与永恒：

试数数看你一生中所有的欢欣
再数数你没有烦恼的日子究竟有多少
纵使你现在拥有些什么
但最善之策是不要存在

但偏偏我们就愿意为一地鸡毛里的几颗珍珠而坚韧倔强地活着，所以从这个角度，人类虽没有自然的彻悟智慧，却或许更多些勇敢与热爱吧。

大暑——热淋漓

风往北吹，绑定的是情怀，夏季风往北吹，吹来的是雨水。大暑是夏季风吹达最北的时候，这个时候华北一带的湿度非常大，夸张点说，如果说小暑午后摔一跤，身上多半被烤糊，那么大暑不用摔，在户外溜达几步，八成也被蒸熟了。湿热，不仅是南方的专属，也是北方七八月逃不掉的宿命，好像蒸着桑拿，还披着热毛巾，毛巾和人都很不干（不甘）。

副高控制长江中下游等地区，出现长时间连续高温，重庆、武汉、长沙、南昌、杭州、福州等火炉城市，竞相榜上有名。每当这时候主持节目，看着最高气温预报图上，这些地方总是红眼航班一样怒目圆睁，天天一水的深红色35℃高温，湖北、江西、湖南那几个省好像开了挂的"连连看"，我恨不得触摸屏幕，就能让高温连连走散。

大暑——人淋漓

大暑的湿热，让反射弧里都浸透着汗水，好像人类整体进入低电量模式，问问清凉你在何方，连AI（人工智能）都沉默难觅原乡。大暑的光影下，飞舞的不再是单兵作战的颗颗尘埃，而是细思极恐的片片水雾。热气就在光斑和水珠的布朗运动中，袅娜地升腾，好像整个世界的节奏都变得缓慢了。人们习惯了加倍速前进的生活，忽然失了节拍，慌了神，月球漫步一样，丢了重心。可就算这样，生活依然在继续，重心没了，心能重新找回来就好。

大暑拽拽的不虚妄，回忆也安分的不说谎，和夏天对话的份额最足的还要回到儿时。如若有一天，我们花了4000元，只拿到价值1800元的货，我们要投诉，可是唯有在和时间的交易上，能一直做减法是最好的，40岁的人恨不得立马回到18岁。

时光倒退回20世纪90年代。那个时候瘙痒的何止大把时光，还有破旧的电风扇，总是在暑假摇曳生姿，不辞辛劳地吹着耳熟能详的《新白娘子传奇》和《西游记》剧情的风。小时候最喜欢夏天，好像只有这个时候才能在思想上和行动上都开启四仰八叉的任性模式，"北冰洋"配冰镇西瓜，在院子里席地而坐，小伙伴在几副扑克牌和蛙鸣虫叫里就能找到明日复明日的欢乐。这些快乐真瓷实啊，20多年过去了，回味中的画面还带着颗粒感。小时候的心好像万花筒的神奇图案，随便晃个角度都能看到生活最美好的样子。

90年代初的物质相对匮乏，还好爱情还经常来敲个门；而现在人们的欲望的购物清单都快填到下个世纪了，可爱情，开后门列队欢迎都拉不进一个货真价实的。暑假像鲁迅先生写的《社戏》里的情景，看的不一定是戏，而是戏外的人生和路上的风景。流萤星火的河滨，河底水草的幽香，满载月尘的归途，这些在记忆中翻晒出来，就已经是最甘甜的风物了。

我打小就习惯把自己喜欢的东西，分门别类放在各个精致的小储物盒里，好吃的也不例外，哪怕不吃，只是看到它们，也有一种要冬眠的安全感。因此很多小朋友暑假总喜欢在我家扎堆，爸妈都在的时候，一个个乖宝宝一般，"叔叔""阿姨"可劲儿叫，父母前脚上班，我家马上就鸡飞狗跳，好像一个个盒子里翻腾出来的不是好吃的，而是每人心里最奇妙的夏天。吃饱喝足就横七竖八趴我家地板上，装模作样写写暑假作业。一年年的暑假作业拯救了一批批真戏精，却难逃千人一面，破碎就破碎的宿命。我从小喜欢写字，也一直跟着外公学书法，却始终没有画画的天赋，小学文具盒上有一只可爱的猫咪，那是我唯一到现在提笔就能画出的轮廓，只是我都过了三十几个生日了，它还是满月可爱的小模样。

那时候能用电的娱乐设施是真少啊，可我们的快乐总是处于超长待机状态。酷暑的早上，泡一杯清茶，跟着大人煞有介事地比划两下，自己也好像很懂茶的样子，其实人家品的是感觉，我充其量只有感受。连眨眼都耗费体力的盛夏，偶尔的清风吹来，体验毛孔微妙地张开，那种不期而遇的清凉，就好像饿极了的人忽然看到一个白馒头，回头竟然还杵着瓶"老干妈"，这惊喜来得太豪横了。对了，还有那个时候看电影也是件极具仪式感的大事情，七大姑八大姨搬着马扎、嗑着瓜子坐到院子里，模糊的电影屏幕上布满的夏日蝇虫，比男女主人公的告白还抢镜。可是我们那时大概是太快乐了，一个个笑得前仰后合，笑得大人们不知所措……其实那些年，在露天影院看的都不是电影，而是一代人寂寞和虚空的内心被集体的热闹和狂欢填补后的暂时心安。

从小学到中学其实是给人价值观打底的最重要的时间，而家门口的那条小路也是一走就十几年，占满了青春的半张脸，那是我的家乡和我都很年轻的时光。可人生的路，一晃就三十多年了。不知道为什么，那条小路，总是在以后的回忆中反复出现，哪里有一棵树，再走几步就是一个坑，哪里的马路沿儿跑偏在队形之外，当年谁在第几个台阶一脚踏着单车等我……这些闭上眼就能浮现的细节，像一个巨大的海绵，吸纳了更多成长中的回忆，这些回忆都晾晒成淡雅昏黄的老照片，特定的人总是在特定的时候出现，又会挤出一些亮片式的笑脸，如影片中的关键帧，像是指引又是暗示，是命又不是命。

回忆和现实本就相伴而生、互相增色，不会割裂终止，我的生活总会因为这些想象而丰富。"道德起于仁爱，仁爱就是同情，同情源于想象。"道德源于仁爱，脱离小我，而脱离小我的触发机制，就是先学会如何想象。想象自己的生活质地，你才能感恩珍惜；想象别人的生活处境，你才会关切同情。之前高濂的《四时幽赏录》有几句写得真好：

> 云走若飞，故开合甚疾
> 此景静玩，可以忘饥
> ……
> 要知一切生灭本空，何尔执持念根
> 不向无所有中解脱？

其实，人真应该学学自然，学学自然的真洒脱、真淋漓。一旦蜀葵顶部枝头开花,就到了梅雨结束的时候;一到大暑节气,夏到盛极之巅,树影有滞重之感,马上就能感觉到身体与环境不再是湿热地粘连在一起,不再是浸泡在一篇浓绿虫鸣之中,而是收缩,是分离,是上升,是碧水秋素、是江阔云低、是深明与情。

最近变本加厉的忙碌,但是坚持写作是消暑的佳品,它能让人始终保持较高的带氧力和基代率。搁笔以后,心愿盈袖。如果你在年轻的时候,就找到了自己热爱的事情,那么请你一定要为之十二分的欣喜和努力,因为你是幸运的;而如果在很多很多年以后,你依然没有找到生活中的燃点,那么也请你至少选择一件这一生都会拼尽所有去坚持的善良的事情:比如对家人的守护、对梦想的坚守、对朋友的付出、对感情的笃定……总之这件事本身,请一定温暖。

秋

桂魄凝霜 之

夏是轰然而来

秋则悠然而至

热气还在白天有恃无恐地翻滚

月骨却已然在秋夜里消瘦微凉

夏的潮热滞重裹挟着你

那颗湿润躁动的心

让清早醒来的灵魂

都披着雾气

酷暑里晾晒不干的心

些许刺痒

剥离不开 也揉碎不了

化不开浓稠的夏夜

却划进了初秋

我听到浮游的鱼群在细雨中放歌

它们记得石阶上的草戒

和未熄灭的篝火

万物 不抵抗

也并未睡得很深

它们只是躺在

深蓝色的水雾里

夏末

在月亮的引力下

颠簸 孕育

迟钝的荒原

被一只皂荚树的枝条

点燃

它对着太阳渐渐隆起

颤抖又坚硬

像山的脊

秋

从后门探身

带着一扇清风 一枕新凉 一窗皓月

来的很懂事

像落叶飘进山谷的回音

像雨中水面慵懒的波纹

风 单枪匹马

扯住罗云的衣角

日光赶在秋的身前

翻涌起一沓脚印

和半个带壳的种子里

泥土的秘密

火光的秘境里

时光的裂帛上

千年岁月 泥土就在我身旁

有远去的故乡和草原的芬芳

你说想在这个秋天读海子的诗歌

鲁迅的杂文

我却想在藤萝月下和芦荻花旁打个盹

望见秋日河水瘦下去

听见秋雨骑马赶过来

为何我凭栏远眺 望尽千山

却再难看清你的脸

锦书细 疏星挂 金风来 炎景褪

花在跋涉 月光在清寒中弥漫

露莲相依 月影在细风里靠岸

秋日盛唐的木槿芙蓉

疏影虚妄 静气悠然

绿意变旧 百合穿起夜晚的衣袖

云高天渐阔 人散曲和转

秋既浓又淡

蝉鸣不愿折断在梧桐庭院
那个花房藏着一个并不萧瑟的秋天

我记得那天你的模样
一团光刚好掉落在你的脸庞
像一个日出
红色的漂洗
照亮东边天空的胸膛
你穿着深色的衣裳
泛起淡淡的烟草香

风一阵阵地低下头去
稻谷却一茬茬地仰起头来
世界忽然有了那么多的玉米 棉花 柿子 核桃
秋波漫流 云浪横天
秋悠然 你悠悠然
斜阳雨外 大地上的事情
并不在你我之间

处暑而肃

处暑：处（chǔ），是终止的意思。很多人知道处暑有暑气终止之意，却不知道，此时秋风渐肃，万物需恭敬为肃。秋日整肃，才能有冬日修养，继而春季萌生，才有夏之宽纵。这就是神奇神圣的自然之境。

整肃在《现代汉语词典》（第7版）有两层意思：1. 严肃；2. 整顿、整理。此取其二。

处暑·肃风

老师曾说：处暑的风，是二十四节气里心性最柔和的风了。

处暑当天，出门就神清气爽。虽然还是热，但是热得已经不那么黏稠浓密。盛夏的风，是一把低音贝斯，一浪浪把人往蒸炉里按；而处暑后的风像从小提琴的高音滑落一样，清丽果决，带着江南水乡菱角和莲藕的恬静，也带着北方糖炒秋栗的甜香。这风，好像给阳光里吹来了柔顺剂，光落到皮肤上也是轻柔酥暖的，给蓝天吹来了滑石粉，不再是浓云成块而是巧云飘逸。处暑，不仅处决了暑气，还连带把妖气、怨气、怒气一块解决了。

和朋友戴好口罩，全副武装去三里屯吃饭。虽然多处还是打着网红店的旗号，但是很多店面的人气真的下降好多。原来觉得三里屯的热闹是全年无休的，可自从这场疫情开始，我们和这座城市仿佛都被套上了一个罩子，人和建筑就这样藏在里面，时不时探出头听听外面突然的惊涛拍岸，更多的时候还是躲在自己的世界里，和苹果、胡桃、南瓜、碎花布帘、棒针毛衣……那些牧歌般的静物一样，围坐在清脆干净的碗碟旁，听着碗碟的碰撞声，假装看不到窗外那一双双挣扎着起起落落的双手。

我小心切着某店100多元一小层的千层宇治，心有戚戚，真心吃不出比"星爸爸"惊艳9倍的幸福滋味，很多时候价格翻倍，幸福感不见得增加。出门看到有一群打扮花哨的男孩女孩们在等位，依然一副不识愁滋味的面容，青春真好。其实，和他们差不多大的时候，我们也喜欢去有人排队的地方吃东西，会觉得特别香。蹲路边摊吃几块钱一份的酸辣粉，越吃越热，越辣越吃，越来越快乐。那时候的快乐就像劲道韧性的酸辣粉，甩都甩不断。那时也是这样的天气，也是这样的笑脸，只是不知道之后我们都还要经历那么多年的寒冬和深秋，那些即便在春风笑意的街头，也像秋冬肃穆般的口罩下的愁容。

处暑的风，性子越来越柔了，可是奢靡浮躁的社会风气还是更容易吹开人群欲望的面纱。在这个动辄就网红餐厅制霸、流量明星显灵的信息碎片化时代，我们的思想不能碎片化；在各大品牌竞相逐利寻找IP的时代，我们自己的价值导向和社会认知不能被随意IP。需要首先把产品本身的故事讲好，才能去定义承载这个故事的符号，而不是为了这个符号，把产品本身的灵魂丢了。因此，做事不能本末倒置，眼睛暂且看不清的世界，心里要始终清澈清晰才好。"当我们开始寻找，就已经在失去，而我们不去寻找,就根本不知道自己身边的一切是如此可贵",就像安托万·德·圣埃克絮佩里(Antoine de Saint-Exupéry)在《小王子》里说的这句话:人性,终究是矛盾的。今天想来或许和自然时序也有所关联。

处暑,终结暑气,整肃入秋,而对"整肃"的解释,《礼记》中有"愁之以时,察守义也",这样看来,整肃就是审查是否守义的过程。处暑以后,夏天的版图大致由西汉变成类似北宋(疆域越来越小)。但是白天大气的温度还是很高,和江河水温还是有极大差别。所以处暑的卦象是"上火下水",是颠倒的状态,是"未济"的状态。这就表示当我们面对一些未知事情的时候,需要敢于创新以及做出一些大胆的改变,就可能会有新的希望,阐明的是"物不可穷"的道理。

古人一直就很重视时空观,宇宙开始,人生自然永远未济。从先秦的"靡不有初,鲜克有终",到唐朝白居易的"露饱蝉声懒,风干柳意衰。过潘二十岁,何必更愁悲",到宋朝欧阳修的"草木无情,有时飘零。人为动物,惟物之灵。百忧感其心,万物劳其形,有动于中,必摇其精",再到清朝龚自珍的"未济终焉心缥缈,百事翻从缺陷好"。总之,天地始肃的处暑以后,我们更应该谨言慎行、以身为度、辨物居方,或许可免于灾祸,更为适得其所。

处暑·肃情

我的家乡是山东潍坊。这是一座曾经被提起就想到风筝的美丽城市，每当家像一个概念一样浮于我的记忆之上，她的颜色总是深沉的。史铁生曾经说过："人的故乡，并不止于一块特定的土地，而是一种辽阔无比的心情，不受空间和时间的限制。这一心情一经唤起，就是你已经回到了故乡。"

记得 2018 年的台风"摩羯"和"温比亚"，还有 2019 年的台风"利奇马"都给家乡带来了超预期的强降雨。其实每年在立秋、处暑前后的台风气焰是非常嚣张的，这时候再加上前期人缘比较好的冷空气配合，风雨就会愈加猛烈。这次的强降雨就是因为台风"摩羯"和"温比亚"制造的两场降雨距离太近。"摩羯"的强降雨在 2018 年 8 月 14—15 日早晨，因为"摩羯"不走寻常路，预报难度大，"摩羯"真不愧是工作狂选手，过程再曲折难测，结果必须掷地有声。而紧随其后，18 日夜间到 19 日，因台风"温比亚"导致的强降雨如约而至，虽然是提前两三天就预报了，但还是实际下得比预报大。所以两个台风携风雨而来的叠加效应，使得这次的影响很大，致灾性很强。2019 年 8 月 10—11 日，"利奇马"和冷空气结合，潍坊下属的临朐、昌乐、青州遭遇了破历史纪录的特大暴雨。

每当听到家乡有什么事情，我总是会很想家，但很多时候也不能立竿见影地做些什么。这种无奈、无助、无力的感觉很熟悉，好像已经缠绕在我人生里很久了。像奥尔罕·帕慕克所说的对伊斯坦布尔的"呼愁"一样，离开家乡很多年，他一直无法忘却博斯普鲁斯上的邮轮、战舰、渔船，气象观测塔，黄昏的光影里苏莱曼清真寺的圆顶小拱教堂，伊斯坦布尔后街破败的房屋和常春藤蔓……这个城市对他而言是废墟之城，充满了帝国斜阳的忧伤，但是他不愿去对抗忧伤，而希望学会与其共生。"呼愁"不是某个孤独之人的忧伤，而是数百万人共有的阴暗情绪，或许只有无助的人学会了自助，这个城市和国家才能更好地互助，让有能力爱自己的人，也有余力爱别人。

出生在城市的人，其实会少很多和大地真正说说话的机会。小时候，奶奶家有一个硕大的园子，里面种满了各种花果，记忆深刻的有瓠子、葡萄、黄瓜、丝瓜和无花果。每次想到这个园子，就会想起萧红的《呼兰河传》，那些蓝天下随意开花结果的黄瓜和随性而为的玉米，是她的童年最欢喜的光景，赤着脚丫随便在地里踩两下都是植物银铃般的笑声。

8月处暑前后，是果园最热闹的时候，是葡萄"着色"的时节，我一直喜欢吃葡萄，估计也和这个神秘花园有关。中国的葡萄是从何时有的，最流行的说法是张骞从西域带回来的。《图经》和《齐民要术》中都有记载。但爷爷告诉我，山东的葡萄最早是外国的传教士带进来的，但他们最早带来的是葡萄酒，因为做礼拜领圣餐的时候，信徒都要喝一口葡萄酒，总从国外带酒多不方便啊，后来传教士就开始带葡萄苗，中国的农民撅了几根葡萄藤，种在地里就长出了本土的葡萄。我那个时候就喜欢在夏末秋初爬到奶奶家二层的阁楼上，吃着偷来的果子，看着爷爷辛勤地打理花园，对于葡萄有两点印象最深刻：葡萄藤特别招虫子，所以我认定葡萄就是最好吃的水果，然后就是葡萄好喜欢喝水，葡萄园里总是水气弥漫，就像小孩嗫奶一样，浇点水立刻从根吸到梢。葡萄如此爱喝水，是因为葡萄藤的组织里面全都是细小的导管，根苗中空相通，吸水能力极强。

秋天，你会看到菜畦上沉郁的红薯地、高挑纤细的芝麻地，还有唱着白色挽歌的棉田，在霜降以后，晚稻开始动镰。这些结着籽粒的植物，都把头垂向大地，肃穆安详，好像人类做成大事一样。所谓的春生夏长，秋收冬藏，就算在什么都保不准的年月，还有土地的守信和实诚。在城市生活久了，心灵上的沟壑找不到适当的填充物，就会有一种疏离隔绝，但是长时间和泥土打交道的人，心灵总是润泽丰富的，像匀质的光谱，不会突然地断层。因为天生万物，再生人，因此万物的智慧总是可以治愈人心。所以每当心情低落，自己无法复盘的时候，就什么也不要做，走到郊区，看看那些在乡野辛勤劳作的质朴农民，自己就慢慢恢复了，让植物整肃情绪，再回到城市，平静勇敢地生活。

古代人都讲究顺从自然，近代人却总嚷嚷着征服自然，可征服到最后不还是要顺从吗？时间久了会知道，想要征服的最后都是紧紧地束缚着你，甚至会抛弃你，而试图以平等尊重为基础共存的，才会长久的相依相伴。人很多时候的欲望总是瘦不下来，心一直在骚动，希望生活有突变，但是自然的智慧，从来都是循序渐进，顺其自然。就好像节气在稳妥中从立春走到大寒，从来不会立秋以后立刻落叶，处暑以后马上清凉，节气是蛰伏一样的蠕动：看似好像静水微澜，却从未妨碍四季流转。

处暑·肃心

其实，人也是在蛰伏中，渐渐成长。

前两天自己曾经教过的小姑娘拿到了中国传媒大学的通知书，她非常开心地和我分享，当然也给我讲了一个很特别的成长的故事。

我们点了咖啡坐下来，我很认真地把这个故事听完，因为我想讲给你听。为了奖励她考中梦想的大学，她的家人想在开学前带她旅行。结果在高速路上，父亲颈椎病犯了，开车突然撞向了旁边车道的货车，还好当时前面堵车，速度都不快，但是他们车右侧前轮整个被扭转架空，直接挂到了大车中间的轮毂上。而这个女孩当时就坐在副驾驶的位置。右侧的玻璃全都震碎了，她自己却毫发无损，父母也都没有大碍。

但那一瞬间，她全身都吓得动不了，因为扭头就能碰到大车的车体，这是多么的惊险万幸啊！这么近的距离，人没事。但是全家人在高速路上第一次碰到这种事情，惊慌、无助，车停在路中间无法动弹，地面上不知道是油还是水洒了一地，天又下着瓢泼大雨，她在给我讲这些的时候，眼神还是一度迷离和无助。后来她看着不知所措的父母，和家里新买的车被撞得面目全非，强迫自己冷静下来，从情绪中走出来赶紧处理问题。一系列自己也从没有应对过的事情，在一件件有条不紊地推进，因为很多处理都在用手机微信进行，她发现父母真的操作不来。那一刻，她觉得自己像个小英雄一样站在父母身边，父母看她的眼神也和之前一味地宠爱保护不一样了,更多的是信赖和依靠。她隐约感觉到父母真的老了……

苍老有时候是件特别残酷的事情,你可能很长时间都意识不到,但是当你觉察到的那一刻,内心除了阵痛和愕然,已经无法扭转,你只能去接受这个事实。在我们小的时候,父母就是大树,是保护伞,我们在出了任何问题时,都可以立刻回到父母身边,有爸爸妈妈在的日子,就掉不了地上。可是当你逐渐长大,你会发现生活中再遇到紧急情况或者突如其来的灾难,可能需要你迈出坚实的一大步守护在父母身前了。苍老,从来不会主动和你打招呼,好像成长一样,你心心念念要长大,可能忽然有一天你发现,生活没给你准备时间,你却必须立刻长大了。

处暑时节,自然整肃,我们也要借此肃心,修剪心灵的旁支羁绊,才能把精力集中到更有价值和意义的事情上。就好像处暑的葡萄味道最鲜美、颜色最亮泽,可是我们必须狠心喷洒波尔多液,蒙上一层蓝兮兮、白糊糊的东西,覆盖它们的晶莹,这样是为了更好地保护葡萄。葡萄毕竟是为了吃不是看,所以做事情,要明白内心真正想要什么。很多时候不要被事情的表象干扰,要投射本质,探析始终。自然的纯粹象征是圆形,这是一种在循环中还带有螺旋上升的图式,能在时空流动中,为生活提供永久的指引。

所以无论是莫奈笔下的春天还是桑德罗眼中的春天,都是自然纯粹的意向在人心中不同的解读方式而已。年年的春秋都摆在那,心境不同,用者自取罢了。莫奈在大都会艺术博物馆珍藏的《春季》是紫色的天际和果绿色的大地，还有疏影横斜和土地沟壑融为一体。而在意大利佛罗伦萨乌菲兹美术馆珍藏的桑德罗的《春》却是另一种神秘阴暗的配色：像夜晚的清晨，散落花瓣的泥土，还有美神维纳斯的愁容，很难让人从直观上把这幅画和春天建立联系。不过象征"美丽""贞淑""欢悦"的三位女神的曼妙舞姿还有头顶小丘比特的金剑，倒是让我们透过色彩深入到了画作的筋骨，这里或许也坐着一个垂帘听政的春姑娘。意大利画家那种斩钉截铁的直接，也有一反常态的时候，希望你可以看到眼睛看不见的世界，剥离开人的矛盾心性以后，那里同样也住着一个绝美的春天。

很喜欢这首英雄气魄满满的诗，处暑而肃，愿我们每个人都能肃心而果敢地生活！对自己的心灵和头脑招兵买马，不倦怠，有韧性，爱自由！

土地说：我要接近天空

于是，山脉耸起

人说：我要生活

于是，洪水退去……

——《让我们一起奔腾吧》

白露残芳

白露有星月下的美好，当然也有风雨里的残芳。

白露一到，早晚就凉了，这是节气的物候之语，而读书写字也需要择时日安放感情，这是人类的季候之感。

金秋时节，可以看看是枝裕和的《步履不停》，日本文学总能把平日里滴水画眉的细腻生活，描摹得让灵魂有翻江倒海之味；而漫天飞雪的冬季，就适合蜷缩在被窝里品热茶、看旧俄文学，托尔斯泰厚浊沉郁的诗情搭配白描速写的隽秀，让呵气成霜的氤氲天气，总能抽丝剥茧到一两束金属感的高光。《战争与和平》中有一段对白露天气的描写："已是初寒时节，早晨的寒气冻结了渗透秋雨的地面。在被牲口踩倒的黄褐色秋播作物、浅黄色春播作物的茬子和一道道红色荞麦的衬托下，冬小麦一片翠绿，显得格外诱人。高地和树林，在8月底还是黑色冬麦地和留茬地中间的绿洲，如今已成了翠绿冬麦地里金黄和鲜红的岛屿。灰野兔的毛已换了一半，小狐狸已出窝，狼崽长得比狗还大。这是最好的打猎季节。"这短短的几行字，通过描写秋雨、牲口、荞麦、冬小麦、灰野兔、狐狸、狼崽和狗，它们的形态和颜色悄然地变化，一场白露时节大自然的换装舞会就这样热闹开场了。

对人类而言，最庄重盛大的季候转场往往是从唇齿舌尖开始的。不仅大闸蟹在争分夺秒地肥香着，也恰好是品尝鳗鱼的黄金时刻。食物对人，这种欲上层楼的步步征服，丝毫不亚于爱情把你砸晕时候的智商归零。吃，毫不违和地僭越了人生梦想，成就了秋日的第一信仰，宁可辜负芳华，也绝不怠慢美食。于是就着白露时节的新月凉风，来一顿满口丰盈的鳗鱼三吃，无须成追忆，已然秋波长。

胃肠在仪式感里过足了瘾，精神也得在书香字影下镀镀金。回家已是深夜，新月高悬，蝉鸣有气无力地随意应付两下，真想静下心来听，还寻不着了。我煮了茶，坐在窗边，凉风，像宣纸上打翻的墨水，迅速弥漫进皮肤的每个细胞，秋天真的来了。慢慢翻看着自己从立春一直到白露写的 15 篇文章，好像看着自己的心倒影在四分之三的季节里，有欢愉，也有愁容，但终究是丰富。很庆幸自己一路的坚持，字里的心是温热的，而字外的天是渐凉的。人心在事里，始终不能像蝉声退去一样平静自然；而心在事外，又觉得灵魂不曾被这个世界温热过，而有些许遗憾。

人性从来都是复杂的，古人亦如是。白露是二十四节气中唯一一个和颜色有关的节气。露凝而白，人意山光，秋水绵长，这也是悲秋最直观的物象，露凝，心沉，则风起秋至。

说到白露怎能不提那首"蒹葭苍苍，白露为霜，所谓伊人，在水一方"。《秦风·蒹葭》属十五国风之秦风。这里的霜，非霜降之物，只是气温骤降，清露凝白而已，因此才会有后面的"白露未晞"和"白露未已"。河边芦苇密密稠稠，而未曾干和未全收的露水，等到何时才能让我逆流而上，寻找到我心爱的人儿呢？

"所谓伊人,在水一方",又将此景赋能盘活。秦,不仅仅是"振长策而御宇内,执敲扑而鞭笞天下"的暴秦,他们也有长情,一往而深,更有思念,不知所起。在一江秋水的深深凝望中,不苟言笑,侃然正色的秦人,也思和云结,长亭暮雪,潸然泪里话别离。

曹植在《洛神赋》中道:"夜耿耿而不寐,沾繁霜而至曙。命仆夫而就驾,吾将归乎东路。揽騑辔以抗策,怅盘桓而不能去。"也是对《秦风·蒹葭》所表现主题的回应。"蒹葭之思""蒹葭伊人"甚至成为旧时书信中怀人相思的套语。

这样看来,白露大块儿的美好里,总带着几朵小忧伤,就好像深秋热核桃糊上那一撮安静的白芝麻,没了,也就不好喝了。

H从阳光明媚的云南寄来自己做的鲜花饼和一个娇小可爱的暖宝宝,照旧是精致复古的木质礼盒和极简附言:鲜嫩即食,天凉加衣。她知道我从小怕冷,又纠结地生在了大雪漫天的冬季,所以每年开始降温的礼物都是努力让我升温的。可是生活在一年中几乎没有寒冷感的云南,估计也很难体会到从寒凉到阴冷是怎样一种节气的渐进和愁绪的续接吧。这巴掌大的暖宝宝估计只够暖心了,倒是鲜花饼继续了高水准发挥。那个好山好水的地儿,倒是把她滋养得更加水润清丽了。她是我好友中非常另类的一位,聪明漂亮,自立勇敢,高跟鞋和小白鞋随意切换。她在很多年前突然辞去上海的高薪工作,跑到了云南开启全新的人生。那时候我没有问她为什么,只是问她会不会后悔。她和我说:"再在上海待下去,我就彻底不知道自己是谁了。"

后来我在一个公益视频中看到几个名声显赫但是已经年入迟暮的女人说的话："If I were a young woman, I would spend more time being not doing, being able to let it go, and being pride to do so."（如果我现在是一个年轻的女孩子，我会用更多的时间去学会"存在"，而不是仅仅"去做"。存在于能够放弃当下，并且以此为荣。）

看完这个视频，我给 H 发了一条微信：我理解你的幸福了。我不抗拒这个世俗给成功的界定，但是每个人应该清楚地知道自己的局限，也应该知道它所允许和承受的范围。

我好像看到在山水灵秀的石板小路，花香如馨，雨漫如织，遥远的天边闪着琥珀色的光泽，那个背影是何等的绝尘好看，就这样淡淡地走进画里！

白露以后的云，每时每刻都在公演让人惊艳的剧目。有时候开车听着歌，看着天上的云淘气地翻滚着，自己也会快乐地摇摆起来，恍然会有种想飞离地面的感觉，很想在云端去倒过来看看那些在人间天天弯着身子、弓着腰、贴近地面努力前行的人，他们那么忙，可是好像都并不快乐。就好像在伦勃朗的蚀刻版画中一样：有阔大的笔触，明晰的线条，厚重的体积，光影的投射，明暗的辨识，然而他们始终都没有颜色……

晴天的时候，云和天的边界极为清晰，一个甘愿做底色，一个总想变颜色；而如果天阴沉下来，云天就会迅速消融为一团，偶尔有点缝隙，挤出点阳光，算温情；如若突然起风，这风就好像从天空的缝隙里哐当掉下来一样，翻滚着在城市的街道奔跑；

又像鼓足了风的船帆,好像要把空气打个死结,突然僵持着,等待着那嗖的一声,在轰然解套的绳索中,喷射好远,但是除了一地落叶枯枝,又什么都没有抓住。

是的。白露,有温婉的名姓,也有苍劲的力道。当高温还希望像群岛一样环绕南北的时候,白露果决地把它衰减成一个个孤岛,这是一个秋天浩荡而来,其他季节乖巧退下的节气。处暑时节秋天的领地还是500多万平方公里,到了白露一下子就增加了近100万平方公里,相当于增加了近60个北京那么多。加速度之大,把夏天想复辟的小野心狠狠扼杀,秋天不再游走于关外,正式进入长城以南的华北平原。

白露其实正在气定神闲地酝酿一盘大棋:搅动着秋风萧瑟,融入了秋雨绵绵,拉着秋老虎的尾巴,还撕扯着秋台风的领口,当然这些年随着气候变暖,还有"喝了白露水,依然不闭嘴"的秋蚊子,遭人恨。

白露之后,全国的降水明显减少,但是华西秋雨拉开序幕。这是因为副热带高压位置的变化,影响了冷暖空气相约的地点,东部的冷空气倒灌进四川盆地,继而一路挺进甘肃、陕西。因此,每年9、10月份在四川、重庆、甘肃、陕西、贵州等地就会出现绵绵秋雨,雨量不大,但真心恼人,一下,一个秋天说不定就过去了。徐霞客在游记《滇游日记》中也完整地记载了亲身经历的华西秋雨,只不过那时是崇祯十一年(1638年)。而那句"所谓伊人,在水一方",此水并不是指我们以为的西安秋水,而是指甘肃陇南。

如果你在白露时节想来一场追本溯源的自驾旅行,那么可以沿陇南南行140公里,感受世外桃源般的青木川古镇,当然最好要到"剑门关"去淋一场地道正宗的"白露雨"。自古由陕入川,必经蜀道,剑门关就是最后一步天险,如果有时间再往南,反正白露是一个和水有关的节气,我们可以到大禹的老家绵阳看看了,是怎样的地方孕育了这个创建了"国家"这一新型社会政治形态的先启。

这个季节的水,孕育出了"巴山夜雨涨秋池"的凄美,也缔造出了苏杭湖畔闸蟹的鲜美;而这个季节的风,可不只是萧瑟了落叶,擦亮了天空。要知道,那些在太平洋深邃的被遗忘的海底积攒了一个夏天的热量,好像一大瓶被闷得太久而无法流出的浓稠果酱,含糖量严重超标,要么一直被死死闷着,一旦涌出,就会把风雨甜腻得扭曲了形状,丢失了灵魂,它们会凶残丑恶的、极大体量的、成堆成堆地长开去,成片成片地砸下来,酝酿出让世纪铭刻的超强台风。

从以往统计看,每年9月也是登陆我国台风平均强度最强的月份。1996年9月的"莎莉",2016年9月的"莫兰蒂",2018年9月的"山竹",都是台风中的强者。它们会被铭记着,因为被痛恨,当然这是它们选择的被证明存在过的方式。

自然就是这样率性而为,它会给你美好,也一定会有狠狠地伤害。

想到黑泽明,这个画家出身的导演,他拍摄电影的时候曾说:对于天气、动物和音乐这三件事,除了等待和放弃,没有别的办法。只是他从来没有放弃过。电影《八月狂想曲》,拍摄蚂蚁随着诵经的声音爬向一棵蔷薇的枝干,电影中出现蚂蚁的镜头一共七个,总计仅一分零六秒。可是那些胶片包含了三天的时间,动用了三万只蚂蚁,还没有包括等雨季过去的一周时间,完全无法拍摄。这些被常人看作浪费的时间,在他身上走过的时候,仿佛灵魂带笑,哼着小调。

人和自然相处的过程中,还是看似笨拙无助的顺势,比较讨巧一点,这些执着却始终遵循本心、慢慢走路的人,总是自带增光效果,很美。

好希望白露只有星月夜,没有花残,没有哀伤,晚风吹来,忽然想起北岛的那首小诗《岸》:

……
当呜咽的月亮
吹起古老的船歌
多么忧伤

我是岸
我是渔港
我伸展着手臂
等待穷孩子的小船
载回一盏盏灯光

秋分之分

从春分到秋分，昼夜被第二次等分。只不过春分是"雷乃发声"，秋分是"雷始收声"。

秋分，这一天是白日梦境的长度刚好等于夜里纠结的长度。纠结着起床以后，知道之后醒来的每一天，黑夜都会增加那么一点点，而秋色、秋云、秋实、秋意都会暗淡那么一点点。不过秋分之后很多希望和生机也会逐渐多一点点。

秋分之后雨水渐少，梅里雪山，霞光万道，信仰生辉，转山朝圣的人会在这里组成最壮观的人文奇迹。秋分之后干季到来，也宣告了茶马古道盐井生产的开始。茶马古道虽然因"茶"而生，但是"盐"不可少。因为横断山脉远离青海、藏北的盐湖，这里方圆数百里唯一的产盐就只能依靠盐井。西藏的盐井承载了1000多年最古老、最原始的手工制盐方式，这是对1000多年茶马古道文化的探索和礼敬。

秋分之后山更朗俊，因为海拔和水汽变化，在针阔叶林以上是一幅江南叠翠，而在其下方却是一片秋语碎金。

2018年的秋分，包含两个重要的节日，中秋和国庆。恰逢中秋在北方和家人团聚，国庆去南方感受城市朝阳！

南国秋分盼朝阳

上飞机前风衣,下飞机后热裤。我在地理上向南飞跃,在时间上向前穿梭。是的,我在南海边的深圳。是的,此刻这里是夏天。

2018年恰逢改革开放40周年。1978年的9月29日,深圳下了一场小雨,最高气温是30.6 ℃,最低气温24.4 ℃。40年后的同一天,深圳的气温变化不大,但是这个城市的变化却非常大。

40年前的春天,就是深圳这里的日出,标志了中国改革开放的重要起点。40年后的今天,这里的人们已经把身边的风景变成了眼中最美的风光,深圳带着五湖四海的人们和万众一心的精神,迈入了国际化大都市。

有人说深圳是个很快的城市,快到每天路上的风景都是新的;而深圳又是一个很慢的城市,慢到你从春天走到秋天,还是走不出满城浓郁的绿色。在这个城市你会体验到"深圳速度",感受到"深圳精神",欣赏到"深圳日出"。这里或许不是看日出最典型的地方,却是看日出最丰富多情的城市。在山上、在海边、在公园、在城市,只要你要,我就都有。

为了准备日出的直播,我彻夜改稿未眠,和同事凌晨三点出门,感受星光漫天、蝉鸣萤火,还有深圳湾公园大片榕树深深浅浅的呼吸,那些或垂落,或缠绕的气生根,把这个夜搅拌得丰富极了。这一切都被那颗爬到桥顶偷瞄城市风景的月亮尽收眼底,真的让"丰富"披星戴月了。你在凝视这个夜晚,夜晚也同样在深深地凝视着你。这些感触,是在此时秋凉深重的北方已经不会再有的。

凌晨五点多,香港元朗已经在海的东边苏醒过来,虽然太阳还没有露脸,但是城市已经一点点亮起来了。这是因为阳光进入大气层以后会有折射,因此尽管太阳在地平线以下,但是我们仍然可以看到光。

无意间回头,西边的天空竟然还高悬着那颗淘气的月亮。这一东一西的日月同辉,真是妙不可言。六点十五分左右,太阳在远处山和海的簇拥下探头探脑地挤出来了一个小圆弧,然后它就像一颗调皮又纯洁的有机蛋黄,就那么亮澄澄的、圆嘟嘟地扑通一下滑进天空里。虽然是短时间一个微小的动作,却会长时间照亮整个城市。我以为日出都好像山上的一样大气磅礴,高调震撼,可是眼前这颗像鸡蛋黄的太阳,走的可是真正的平民路线,但依然惊艳。

日出前后,我默默记录着气温、风向、湿度和潮位的变化。

1. 气温:为了直播,我穿着飘逸的长裙,因为日出前后的温度是最低的,再加上那天的风很大,我感觉自己又哆哆嗦嗦地穿越回北京了。但是日出以后,温度就会迅速上升,好像这个城市逐渐苏醒的时候,你要学会等待,等到它翻个身清醒过来,就会崛起,赋能,跃升。

2. 风向和湿度:9月,华南一带的雨季并没有结束,这个时候南海的夏季风还未撤离。可是那天的风,因为北方冷空气下来,吹得可不是一般的大。这也是我直播中最大的遗憾,精心准备的主持被呼呼的风声抢了风头,谁让人家是风呢,随时可以有风头。也罢,自己真心努力过就好,就好像不是每一个城市的日出,都能被如此真实地见证，那些看不到日出的日子，城市也依然是亮的。

如果没有今天嚣张的北风，其实应该能充分感受到海陆风的切换。日出前后，我们感受到的风是陆风。白天，陆地温度上升，空气密度变小，风就会从海上吹向陆地，逐渐转为海风。虽然城市白天整体气温高了，相对湿度小了，但是这个时候吹海风，会为这个城市补充足够的水分，也不会太干燥。因此深圳是个一年都不怎么需要保湿的城市。这真的是我们北方女孩最嫉妒的，好像看到水润的城市下，那一张张细腻青春的面容，在大朵大朵的白云间和大片大片的木棉花中自信爽朗地微笑。

3. 潮位：日出前后，除了我们熟悉的气温和风向的变化，海水的起落也有变化，也就是我们所说的潮起潮落。日出前后到脚踝的海水，下午就能涨到胸口。潮位每天一般有两个高点，两个低点。潮位的变化，不是一蹴而就的，是循序渐进，缓慢地起落，不过如果我们用快进镜头，您就会感受到水位的大起大落。就好像40年前的深圳，从春天南海边的那个圈开始，就一直在努力和日出肩并肩，这里的人们带着日出的精神，努力奋进地经营打造自己的城市，让它越来越高，越来越亮。

深圳不仅日出形式丰富，城市标签也多样化。先说说绿化度。深圳不仅给你一点点，是给你很多点。当全国大部分地方都进入金秋时节，此刻的深圳仍然是夏意浓浓。夏天也是深圳一年中最漫长的季节，不知道是不是因为这里没有冬天的缘故，感觉这个城市总是拥有一种夏日的激情。我是北方人，所以如果一个城市一年四季都是绿色的，一定会让我心情大好。这里除了满眼的绿色，还有大片的鲜红，每年三四月木棉花开的时候，整个城市好像都能听到花的私语，那是一种像日出一样有朝气、有力量的声音。就连木棉凋谢的时候，落在地上都是掷地有声的。这种倔强而顽强的生命力，像极了生活在这个城市的人们。

再看看包容。越懂得包容的人其实越自由，在这个边界感越来越强的时代，承认差异性，具备包容力，才能打开自己、挣脱镣铐，让自己的生态位处在顶端。那些事事处处要证明自己与众不同，一味强调边界感的人，其实往往最容易让边界沦陷，只能让自己的生活场域不断局促坍缩。深圳是唯一一个没有本地人和外地人说法的城市，因为在这里都是五湖四海的人。就像那句"来了就是深圳人"的口号，这些年就像一股和煦的春风，40年一直在温柔深情地吹拂着。当然饮食文化也是包容力的典型体现。喝粤式早茶，还是吃羊肉泡馍，或者直接来个煎饼果子，哪种早餐陪你看日出都随你心情。

另外就是它的便捷。文明，有时候就是一张纸的厚度；而在深圳，便捷，就是你伸手可以触摸到的尺度。我们入住的酒店，每天都会有足够的免费饮用瓶装水放在电梯口和服务台前。而且这个城市的通勤时间基本可以保证在40分钟以内，就算地图显示是红色，开车的时速也一般不会低于每小时40公里，城市和城市的"交通红"也不是一种红。广深港高铁开通后，使得从深圳去香港，就好像抱着爆米花去邻居家看美剧一样惬意便捷。

最后当然是推背一样的速度感：改革开放的40年，深圳几乎一天都不舍得虚度，每天都走在发展创新和更高、更快、更强的路上，熟悉的路上总会有不同的风景。对那些"深圳女孩"而言，这种感性的陌生，是像朝阳蓬勃而出一样成为了理智的熟悉。深圳的市花叫作"三角梅"，一年至少有180天都在开花，它还有一个名字叫作"光叶子花"，从勤勉和奋进的角度看，也不难理解它为何成为深圳的市花。这个城市真的是每天都在以光速发展。

改革开放的40年，深圳像这里的日出一样，升腾得那么快，光芒那么强。它从一个边陲小城，跃然成为一线大都市，从借助发光到自己成为光源。这40年，我们拥有了14000多个不同的日出。深圳，也踩着这些台阶一步步让自己更加强大。不变的是，每天的日出都会照亮这个城市，变化的是，每天照亮的都是这个城市更新、更好的模样。

北国秋分念明月

2018年秋分的后一日，便是中秋。中秋从古至今都是大日子。《东京梦华录》描述团圆之月；《红楼梦》既有"寒塘渡鹤影，冷月葬花魂"的中秋惆怅之感，亦有"月明灯彩，人气香烟，晶艳氤氲"的中秋团圆之意；《淮南子》有描述嫦娥、后羿和玉兔的神话之月；《水浒传》中体现的是"史大郎夜走华阴县，鲁提辖拳打镇关西"的命运之月；还有《聊斋志异》里的妖魅之月。此正是：年年念明月，岁岁人不同，水香莲子齐，轻寒可人天。

秋分前，季节版图上主要是夏秋的纠缠，秋分后就转为秋冬的博弈了。

秋分开始的时候，秋天刚给淮河描个"眼线"，而秋分结束，秋把江南的"口红"都画完了。因而国庆前后，一般是长江中下游地区集体跳进秋天的时候，也是扑面桂香来的时候。配合着每年冷空气的活跃程度，长江中下游等地就闲适而不闲散地走在夏秋的边缘。好像你光脚丫踩在海滩，浪来了，你就触碰到海水，浪退去，你依然踩在沙滩，不知道是你调皮，还是季节调戏，总之季节上上下下的规律，你里里外外也是雾里看花，顺然则已。

四季，从来都不是单纯的角色：秋天说来就来，百般娇媚的夏天再抖擞精神，也只能如宋朝一样，向南节节败退；秋天如金，不断南侵，冬天也在积蓄力量，他不先发制人，也绝不落后于人，它像蒙古帝国一样，在高原上崛起，瞅准时机，蓄势待发。而最终，看似内功深厚，不明觉厉的秋，只是四季时序，最悄然短促的过渡而已。

"小溪清水平如镜，一叶飞来浪细生。"秋来的时候，也是踮起脚尖的。你可以感觉到秋天正在一步步地走近你，但是环顾四周，你指尖划过了立秋、白露，现在又忽而秋分，你却始终看不清秋天到底在哪里。好像你走进一片树林，听得到各种自然的声音，忽前忽后，忽左忽右，她们拨弄着你的神经，但是你又抓不住她们的发梢。突然之间的一片落叶、一阵凉风、一朵秋云、一阵栗香、一簇桂花，就这样安插在你猝不及防的视线里、感觉中，我们心心念念着玉兰春光，转眼就丹桂秋色。昨天还和家人抱着冰镇西瓜看世界杯，马上就到了一家人围坐一起吃热气腾腾的火锅，开车要擦前视窗和后视镜的雾气，出门得竖起衣领呵气取暖的深秋了。

小时候过节,就怕不热闹,长大后过节,总怕太热闹。因为现在往往不是得到太少,而是错过太多。我怕听不到饭桌上碗筷相碰的叮叮当当,怕听不到厨房煎炸过油的滋滋啦啦,怕听不到家人举杯祝福后的细碎耳语,怕听不到饭后伴着热茶咀嚼月饼的唇齿之音……而所有的这些细碎、这些微响,都远比微信的提示音和键盘的敲击声,更有生活的烟火气和幸福感。莎拉·梅特兰曾经说过:写作是一件孤独到骨子里都不嫌寂寞的事情。那我觉得,生活就是细碎到眼角边都是眉目传情的丰富。

奶奶今年已经95岁高龄,目前身体还算康健,就是瘦得厉害。爸爸建议我们在中秋这天都聚到奶奶家,一起庆贺中秋。原来爸爸总说,只要老人还在,这个大家庭就不会散。我曾经对这句话有些费解,因为几辈人的三观其实已经相差很大了。在我们眼中,父母如果年龄大,身体又不好,我们不能陪在身边,甚至大多"80后"的孩子,都不和年迈的父母生活在一个城市,这个时候找有经验的专业人士照顾老人,应该是优选。可是对于父母那一辈而言,如果不能在他们父母老去的时候伺候在病榻前,就是不孝。所以奶奶这些年已经不能下床自理,爸爸一直寸步不离地守在身边,特别是老爸退休后,照顾奶奶就成了他生活的全部,一日多餐,无数次按摩,洗漱翻身……我曾经好几次给爸妈买好机票、安排好行程,希望他们也能过过自己的生活,去放松一下、看看世界,可是都没有成功。父母觉得在老人离世前的每一天,都是无比珍贵的,必须要全力以赴去照顾和陪伴他们,才能不留遗憾。

后来慢慢我也理解他们的用心，就像他们也逐渐在顺应我对于婚姻的很多看法。其实对于孝顺，每代人可能都有自己不同的解读方式，最重要的是要遵从内心。你希望用你对幸福生活的理解，让别人也按这样的方式去生活、去幸福，往往是达不到预期的效果。每个人的内心往往都会有两份清单：一份是关于怎样才是幸福生活的定义；另一份是关于怎样才能把日子过对，过踏实的理解。对大多数人而言，他们就在第一个命题的理想信念中，履行着第二份清单中最现实也是最该承担的职责，然后手里紧紧握着"六便士"，偶尔抬头望月，继续低头赶路，就这样走完一生。

奶奶虽然基本不能自理，但是头脑和语言表达还算清晰，她握着我的手，一个劲说，怎么就是胖不了啊。我扶着奶奶从床上走到沙发，就这几步远的距离，我们整整挪了10多分钟，我眼里的泪在不停地打转，我好像抱着的是一堆骨头，一个空空的皮囊，一个灵魂早已飘离、被嫌弃的肉体。奶奶曾经130多斤的体重，如今已不到80斤，组成这个生命体的早已不是器官和皮肉，而仅是对生命最后一丝残存的悲悯和眷恋。我闭上眼，好像那个神韵富态的奶奶，就坐在客厅的太师椅上，眉眼带笑地看着京剧，手里打着节拍，和爷爷有说有笑地把压岁钱塞到蹦蹦跳跳的孩子们手里。那时候奶奶逢人就夸我，说这小丫头长大肯定有出息，从小就歪理一大堆，小嘴不饶人。

长大和衰老都是一瞬间的事情，看着我带回来的半岛酒店的月饼，只能被打成糊，一点点喂奶奶下咽，桌子上还摆着五颜六色的碗盘，有蔬菜、鱼肉、鸽子蛋和米饭，全都是打成糊状的。

虽然食物本身模糊了形状,但是香气和爱意显得更加轮廓鲜明。长大虽然伤筋动骨,却是一件多么理直气壮的事,相比之下,衰老就得需要更多的察言观色、委曲求全了。不过在我们家,衰老也是乐声。

爸爸在打磨食物,妈妈在一根根地给奶奶挑鱼刺,姑姑在逐个尝试碗里的温度,我握着奶奶只剩下骨头组装的双手,一点点地输入温暖。中秋那天,天清云淡,花香纯远,风吹的力度和节奏总想让人快乐地拍手,好像汽车上感受到阳光就一张一合的两片小叶子。

我们虽然脚陷在泥土中,但头颅还是要高高抬起,要眼望星空,让追逐快乐的灵魂,去大口地呼吸,去勇敢地追求,等待那方方正正的阳光,斜切进屋里,像一大块玻璃没入水中。看呢,又一个新的春天到了。

今年中秋,月很圆,很快意。奶奶小院里的葡萄都熟了,一个个都甜甜地咧着嘴笑,还有大个儿的丝瓜,傲娇地凹出了一个U形弯,在金黄色的丝瓜花下,肆意舒展着筋骨枝桠。生活再艰辛,灵魂也要水润有光;生活再吝啬,我们也要努力快乐!如果能慢下来,就可以多抓一点这样生活中被错过的小美好,然后藏在口袋里,一点点拼成大希望。等到艰难的岁月突然闯入,好歹我们还有手里的宝。她们会像秋天丰收的果实一样,绝不会"凄凄去亲爱,泛泛入烟雾",它们是甜而稳妥的。

生活不像蓬勃的日出,求新求快,它就是一弯细月,被人间那么多纷杂的雾气弥漫,旧旧的才好,总有彩云,会涂抹那上翘的嘴角。

    太阳仍然弹着旧调

    希望与梦想仍然有效

    鸟儿仍然翱翔长空

    你也仍然并未步入绝境

        ——《纪念歌德》

        （谨以此文纪念逝去的奶奶）

寒露精神

寒露是二十四节气中最讲究效率的一个。气温大幅走低，雨水成批减少，夏季风打包撤离。它把深秋做了个动态快进的印章，狠狠盖在人们的行装和自然的面容里，抬起的瞬间就已经是冬天的光景了。

别人的"不露"是从白露开始的，我的"不露"是在寒露才意识到的。这点并不能说明我作为一名气象工作者不懂何为"知行合一"，恰恰说明，我是坚定不移地走在自己规划的"新气象"里。因为前段时间总是各地跑来跑去，鉴定了不同地域的城市生态名片，自己就像个虔诚的行者，穿梭四季。这只脚还踩在海边夏日滚烫的沙土中，那只脚就僵在雾结烟愁浓浓的寒瑟里了。而气象要素就在这些城市上空飞过的名片里，忙碌地穿针引线，自信地对接植入，巧妙地情感关联，逐渐把别人需要的天气服务变为大家想要的天气产品：从最初20世纪80年代用磁性橡胶板指天气，到现在AR（增强现实）、VR（虚拟现实）的浸入式全景体验天气。忽然觉得我小时候一直看的那个天气预报长大了，而我早已成为荧屏中预报天气的那个人很多年。

气象不仅是生活的大载体，更是交流的催化剂。作为一名天气节目主持人，自豪的是每天可以和天对话，可悲的是只能一直听天的话。它随性地发表情，我们理性地做服务，受众任性地摆态度。但是这些年随着气象服务意识的纵深化发展和升级，我们和天气的关系，已经由单一听话，逐渐变成互动对话了。我发自内心地为从事这样的事业而自豪。因为可以尽绵薄之力，去传递天气的善意，消解人们的恶意，改念自然的随意，构建生活的满意。

前几天和朋友聊事情很晚回家，觉得很久没在院子里走走了，健身房的环境毕竟有点类鸡汤，自然界的星月才是足斤两。可是风一个劲儿往脚踝钻，还极其讲究策略与艺术的结合，先是小部队掀起裙角，继而大部队跟进挺上眉梢。我看若没有人类，自然估计玩不出这么多花样。不想穿丝袜，就翻箱倒柜找厚实的羊绒长裙，纵然裙子一点点从膝盖长到脚踝，但冷风还是更快地一截截抢占肠胃，拉着晚餐食物的残存热量结伴起舞，彻底不让卡路里好好燃烧。今晚一切活动先放下，必须把衣橱颠颠匀换个季了。

寒露不吝啬

白露前后开始的华西秋雨，寒露还在下。虽然这个节气全国降水迅速减少，但是对于西南，寒露时给的雨，可是一点也不吝啬。西南地区的地形比较复杂，刚刚崭露头角的干冷的冬季风并不能彻底清理掉盘踞于此的暖湿气团，因此这冷暖之战还继续无休止地上演着，好像两个长时间活在婚姻冷暴力里的男女，离不了也断不开。10月重庆、峨眉山一带，降水日数是全年最多的，峨眉山10月降水的天数将近26天，如果你这段时间选择去爬峨眉，竟然看到了太阳，那一定要感恩天气抽中你做了一次锦鲤。不过也因为西南一带这样的气候特点，我们国家最著名盛产酒的局部地区,就在四川东南部和贵州北部。

麦子熟了,苹果红了,柿子也喜上枝头了。麦子长出三四片叶子,三四寸高,一阵风吹过,新绿的麦田像婴儿吵着吃东西时摇摆的软嫩小手;多年生的木本植物也不惜花费血本在色彩上争奇斗艳,在味道上大快人心。植物这般卖力生长的"澡雪精神",会不断用果实回馈大地,而养育出人们那几斤几两的才华,我们也要时刻记得这些财富应该属于公共财产的一部分,因此怀藏着最好在下一个生命轮回前交给自然应有的感恩。

寒露求创新

寒露的创新精神和两个英文单词有关:Snatch 和 Rut。snatched 这个词有段时间在 ins(照片墙)上特别火,它的原形 snatch 指偷、拽、抢夺,而形容词 snatched 延伸有快速得到、夸赞的意思。如果你觉得某个姑娘的妆容很高级,可以秒赞说:"Your makeup looks snatched!"这已经是非常地道的说法了。

寒露这个节气很有意思,它不像白露和秋分一样,来得那么掷地有声,它好像 snatch 这个单词一样,在"秋分"和"霜降"两个节气之间,偷偷地酝酿天气的变化,退回一点秋分的凉意,又拽来些霜降的寒气,就这样小步徐行,摇摇摆摆挤进秋天最后一个节气。它不太会给你铭记深刻的大礼包,却会时不时给你一些小惊喜。我们无处闪躲的静电,一般在北方就是这个时候开始登场了。寒露,降水是一年中减少最快的,北方,因为夏季风彻底撤离，因此冷空气再嚣张，也缺少了暖湿气流的配合，独自难以成角儿。所以这个时候干燥的感觉，就好像动画片带 3 条黑线的脸，时不时就阴在角落里。那种泡在浴缸敷面膜一整天，半只脚踏出来，脸就瞬间被抽干的段子，真的可以有。这时被赞"You look snatched!"的，不是感情真好，就是皮肤真好。

英语中有个词很有意思叫作 rut，《牛津词典》把这个单词定义为一种行为迟钝，无收益，但难以改变的习惯或者行为模式。这个词的本义是指车轮反复行驶而形成的一条又深又长的轨迹。当你发现你在人生的低谷期一直停滞不前，或许可以从这个词里找到同类，当然也可以从节气里找到智慧。寒露绝对是一个大写的"NO RUT！"他每天都在求新求变。

寒露时节候鸟南飞越冬：白露物候是"鸿雁来"，寒露一候是"鸿雁来宾"。一个说的是迁徙工作启动，一个指的是迁徙工作收尾。候鸟每天飞过的风景都是新的，因为它们的目标明确，方向一致，它们要赶在寒冬来临前完成族群的迁徙。而指引它们的不是 GPS（全球定位系统），只有日月星辰，磁场风向。这场飞行注定是一场生命竞赛，是一次涅槃重生。候鸟在这个时节要拼命积攒能量，完成体内脂肪的积累，它们每天的飞行时间在 6—8 个小时，体重消耗在 14%—27%。这种减肥速率，怕是多少女孩每天过称前心心念念的吧。然而人家是拿生命换的身形，你要是足够拼，也能赢。

寒露时节植物上色最快：知冷暖最敏感的莫过于树木，寒露气温虽然每天小心地下降，还是让落叶植物敏感意识到了要开始让自己回收能量,所以拼命分解叶片中的叶绿素。叶绿素可以吸收阳光中的红光、蓝光,而将绿色的光反射出来,所以叶片呈现绿色。到了深秋,叶绿素在低温环境下被破坏,受低温影响小的胡萝卜素和叶黄素就上台主宰了,因此金黄便知秋味了:额济纳的胡杨林,秦岭边的古银杏,兴安岭的白桦树都是一片元气满满的金黄;而因为气温低,另外一些落叶植物在落叶的时候会产生花青素,它在偏酸性的细胞液中呈现红色,那么红火便知秋味的有:"停车坐爱枫林晚"中的枫香,内蒙古代钦塔拉的五角枫,北京香山和八达岭的黄栌。它们的色彩不仅火红了一个秋天,更加红火了一座城市。这也是生态文明建设中最有质感的城市气象名片了。

寒露懂隐忍

寒露的"隐忍"在于他善于铺垫,不急不躁。他以每天完成一个小目标的节奏,一点点拉低气温,当寒露结束的时候,他的大目标得以实现,就是让冬天跑赢秋天,冬的疆域会从360万平方公里扩张到540多万平方公里。而寒冷的罪名却会稳稳盖在"霜降"头上,因为寒露半个月隐忍的铺垫,这个秋天最后的节气"霜降",只能老实巴交地填着"寒露"挖的坑,在万物因肃寒覆霜而皆丧中,默默期待下一个"人淡如菊"了。

重阳节一般会在寒露节气前后。众多习俗中,我感觉喝菊花酒比较有趣,在元代和明朝的史书中都有记载,元代的比较有细节质地,其中讲到:将甘菊花两斤去蒂洗净,先用绢袋装二两,将其悬置于一斗清酒之上,约一指高,密闭封存,经宿去花袋,次早榨出清香扑鼻。古人娱乐设施少，娱乐方式可一点也不少。用文字敲打这个酿菊花酒的过程，我的屏幕都已经酒香浮动了。菊花原产于我国，大力培植菊花的地方是河南开封，开封养菊，始于北宋。宋徽宗大量传世的花鸟作品中的代表作《芙蓉锦鸡图》就采用双钩设色法，细致入微地绘制了各种形态的菊花。寒露三候讲"菊有黄华"，而寒露时节的开封，菊可不仅仅有黄华，这里的菊更是体现了一个盛世的中华。

季候在隐忍中聚集的力量是巨大的，我们对于自然，在不理解的时候，或许才开始真正地接近它，不应该物质地去感觉它为我们而含有的意义，而是要对象地看它是一个伟大的真实。季风一目十行扫过了华南，阳光分批出发指派到高原，雨水执着倔强地坐镇华西，寒冷已经大举挺进且态度积极……寒露节气的枝叶像千手观音抖动的玉指，而且每个指甲都涂了不同的颜色。在夏天做过的悲伤的梦，拿到秋天重新做一遍，就成了色彩丰富的喜剧。谁说秋天就得悲伤，愿你活成里尔克的诗句，总能从生活中意外地捡到光芒：

谁这时没有房屋，就不必建筑

谁这时孤独，就永远孤独

就醒着，读着，写着长信

在林荫道上来回

不安地游荡

——《秋日》

霜降之门

有些门，只要推开，就很难再关上了。

今晚的风特别大，月亮都睁不开眼了。家门口有几棵粗壮的杨树，还挂着些许绿叶，但也名不正言不顺般颤颤巍巍，突如其来一阵强风的边角都随时会将其绞杀。叶的支脉像百岁老人青筋裸露的双手，虽毫无质感，却如浮雕般凸显着生活的颗粒度。叶绿素躲在里面窥视着这个世界，可能今晚，也可能明天，再来阵大一点的风，自己也将不复存在。

都说四季之中，清明谷雨的风最大，秋天的风最小，可是一到秋冬交替，要"改朝换代"的时候，冷空气是铆足了劲的，一股接着一股，把秋天从多彩一片片撕扯成枯黄，绝不手软。这两天晚上的风稳、准、狠地带走了更多局部地区的树叶，天上的云被吹得东倒西歪，顾不上造型，一大团一大团糊在月亮的脸上，好像没有涂抹均匀的防晒霜。除了冷空气以外，自然和人都没准备好，但是冬天就这样来了。

全国各地的叶绿素紧张地聚集在"2022脱色倒计时"群里，商讨进退。

东北多地的叶绿素已经宣告提前退位，这里大部已经是冬天的阵营，人们已在隐退的绿色背景中，拿捏好了飘雪的前景姿态。

黄河中下游一带的叶绿素最纠结。虽然感到大势已去，但毕竟还挂在深秋的尾巴上被吊打,绿得摇摇欲坠,但也绿得勇敢纯粹。随着气温继续下降,这里已经陆续出现霜冻。自然中稳唱主角的绿色逐渐被金黄色、红紫色取代。喜新厌旧的人们看了三个季节的绿色,也终于可以换个拍照的底色了。

作为全国叶绿素的精英社群,华南一带特别是珠三角地区,是当之无愧的总部。这里四季无冬,各种树木的绿是真正的随心所欲。2015年的广州,过了小雪节气才勉强入秋,真的是同时不同天啊。不过每当霜降时节,他们就开始集体焦虑,替黄河中下游一带的叶绿素们出谋划策。能多撑几天是几天啊,这一带的中原地区可是二十四节气的发源地啊,他们要是沦陷了,叶绿素的江山就真的风雨飘摇了。

霜降节气骚动的可不只是叶绿素,他有一个总是想被铭记,却一直被忽视的同门师弟,叫叶黄素。这个家伙虽然和叶绿素师出同门,可是常年的控股权都在叶绿素手里,只有寒露、霜降这短短的两个节气,叶黄素、胡萝卜素这些小散户才有成为"临时霸道总裁"掌管叶片门户色系的机会。要想彻底推翻叶绿素的"霸主"地位,必须雇佣"外籍杀手"冷空气。这阵仗、这谋划,要不是幕后有人指使撺掇,凭借叶黄素的木鱼脑袋,再思考个一年四季恐怕也难成气候。此幕后高人,就是有倾城美貌,却心狠手辣的"花青素"。

花青素和叶绿素其实有一段说来话长的爱情故事。花青素存在于植物细胞液中,叶绿素为花青素的出现提供了重要基础,要没有叶绿素一步步带着她成长,教会她本领,花小姐怎能像现在这样在不同的酸碱环境中，随心所欲地把颜色变来变去。秋天，气温降低，叶片内可溶糖增多，细胞呈现酸性，在酸性和中性条件下花青素喜欢变成红色，而如果细胞环境逐渐变成碱性，花青素就会趋向于紫色、蓝色。北京霜降前后的香山堪比春运的人流中，看到的正是花小姐的大手笔。这造型凹得，真是可咸可甜。虽然她生性多变，但是曾对叶绿素真的是一片痴心。忍过了春夏，到秋天最后一个节气霜降，花小姐实在受不了啦，这个叶绿素天天心系"国事要务"，完全不顾及自己的感受。只有推翻他，才能赢得尊严，赢了爱情。

叶绿素是个大社群，东北的、华北的、江南的、华南的，还有西北的，一年四季都不能同步走在一个时区，有的四季无夏，有的春夏无冬，要想960万平方公里都绿得齐心协力，哎，队伍不太好带啊。因此耿直倔强的叶绿素，一心只为"社稷江山"，无暇顾及儿女情长，深深伤了花青素小姐敏感的内心。女人一旦反目变心，之后任何的挽回都会被她们伪装坚强的内心，那种祭典式的强大力量碾碎。

这个时代太多人对爱情都是想以退为进的，可在大多数假意的退去中有多少人就真的走散了。或许这种毫无意义的自尊确实撑大了我们刀枪不入的内心，但是爱呢，爱像一面旗帜，忠贞地只为风而生存。但我们宁可让大风在心里翻江倒海，都不愿让你我之间的存在被一缕凌乱的发丝扰动。所以到最后爱人之间往往是窒息的静止，但是这里潜伏着一种霉菌般的情绪，是一旦某个孤独的时刻飘落一片忧伤，就会有振聋发聩的霉斑生长起来，而那些一直蜷曲着的、生锈的感情发条,也突然会迸射出刺穿心膜的明晃晃的利刃。

求爱不成,便要得势。花青素开始拉拢迷惑心智单纯、贪恋美色的叶黄素,他推开了一扇欲望之门。

叶黄素虽然胆小怕事,但也有上位之心,他想让叶片变黄,再有花青素助力,添上些许红色,岂不完美。再者,花青素可是个"双商"都高的女人,拥有她就等于拥有全世界。

剧情走到这里,该把花小姐这个死心眼的堂哥——"冷空气"请出来了。这个家伙一年四季就干两件事:一个是降温,还有就是撩拨暖湿气流。冷暖气流修成正果的时候,就是风雨雷电的上演;再不然就是一个追一个躲,好不热闹。像现在的霜降节气,冷空气不断向南追赶,翻山越岭,不辞辛劳,可暖湿气流心有所属地步步想逃离。追到南岭一带,冷空气实在爬不动了,所以全国大部都被冷空气挟持的时候,珠三角一带依然逍遥在夏天的啤酒炸鸡里。

冷空气终于有了掌管气温变化的机会,他的妹妹花青素也想趁机被刷屏,因此调动250多种花青素家族成员,收买各路冷空气,高频次、大手笔地进攻中原地区,让叶绿素快点退位。当然花小姐不想脏了自己的手,她借用叶黄素来怒怼叶绿素,同门相残。

所以时间走到秋天的尾声,有的叶片黄了,有的红了,有的还卑微倔强地绿着。看上去静美的小小叶片,内部也全年无休地上演着争斗大戏。人性或许也来源于物性。花青素不仅对男人有一手，女人对她也毫无抵抗。她是强有力的抗氧化剂，能改善循环系统，增进皮肤光泽，而且对光、热的稳定性好，还可以做色彩丰富的口红，让唇部色彩丰盈饱满，又能让叶片呈现好看的颜色，更映衬拍照的肤色，这些优势可是步步踩在女人欲望的心坎上。所以民心所向，树叶和脸蛋就顺其自然地红了。

天时、地利、人和，花青素和叶黄素发动"政变"，让冷空气在这段时间频繁出动扼杀叶绿素。于是看红叶的人越来越多，想绿色的人没剩几个。偶尔残存枝头的几片绿叶倒成了干扰。叶绿素溃败，回想当年自己带来春天第一抹新绿的时候，天下是何等的软萌顺遂，而如今，只能风光地来，狼狈地走啦。所谓的"春华夏秀"，春夏的争分夺秒是感召、是上扬，而霜降之后就只能暮暮朝朝是俯、是藏了。

花青素火了，植物中最常见的6种主要花青素马上组建了各色"花青素"唇彩网红店，什么姨妈红、后妈紫、鎏金橙……

可是马上就要立冬了，也不知道天空的第一片雪花看着最终还是凋零一地的红叶，又作何感想。是晚风太急，还是欲念太重呢？又来一阵风，树上残存的红叶也仿佛沙沙作响唱起了挽歌。只是贴近耳朵，也听不清语调。

有些门，还是不要轻易推开，推开了，就很难再关上。此乃落红之命，时序之理。

天地厚德 之 冬

立冬,素以为绚

冬，是折叠着旧时光的一席绢帕，小心打开，听到回忆抖落在凹凸不平的积雪上。冬，是藏纳的，是向下的，是俯身才能闻见芬芳的。这里有天青江白、树凝寒色，有薄雪氤氲下如玛瑙般的朝阳，有潮湿空气中如法兰绒般温柔舒展的黄昏，有反射在雪地上如水银般的点点月光，有如粉虫飘落的雪粉，也有如雪浪奔涌的深渊。冬凝相思，如人之将老，徐缓渐进，又无处可逃，日日累叠，寒色浸衣，终成严冬。

立冬很务实。寒露在筹谋，气温一点点下降，酝酿季节从量变到质变的过程；霜降在体现，一下变了天，因为多地的气温到了质变的临界点，长江中下游地区，一年中昼夜温差最大的时候就在霜降时节；而立冬在感官，冬天的第一个节气比秋天最后两个节气更务实，平均气温大踏步下降，最低气温的感受更明显。一天中最低气温往往出现在日出前后，因此随着立冬之后日出时间的推迟，最低气温出现的时间也更接近人们早起出门的时间。记得 2018 年国庆节，北京的日出时间是 6 时 11 分，那天的最低气温就出现在 6 点左右，只有 11.4 ℃，我穿着一件单薄的卫衣陪远道而来的朋友看升旗，寒凉瞬间全方位浸透全身。而 11 月 7 日立冬这天，北京的日出时间在 6 时 50 分，早上 7 点出门，气温不足 0 ℃，又踏上了一天最冷的时刻。此时的冷无疑是真真切切的切肤之寒,从皮肤的边角注入体内,高而稳得滑翔直抵肠胃。胃冷得很认真,立冬也来得很笃定。

立冬讲诚信。立冬,相比于立春、立夏、立秋,是最讲信用的。立春的时候,春天还在岭南的脸上涂脂抹粉;立夏的时候,夏天刚刚触及江南的眼角唇眉;立秋的时候,秋天还停靠在长城以北歇脚观望,而立冬,也就是每年的11月7、8日到22、23日左右,在陕西、河南、山东、安徽、江苏,这些二十四节气的发源地都及时响应自然的召唤,整装待发地从深秋迈入初冬。在季节版图上,冬天已占据611万平方公里。古人采用的季节判定方法和现代气象学不一样,但对于界定节气变化的结果,却是异曲同工。古人对冬天来到的判断,极其简单,就是看水何时成冰,好像立冬第一候所言"水始冰"。从1981年到2010年的气候数据看,郑州下半年最低气温首次低于0 ℃的平均日期在11月15日,虽然是立冬第二候,不过也是准确地发生在立冬时节。不过80年代以来气候变暖,如果我们把时间放到更早的春秋战国时期,"水始冰"的时间还会更提前,或许可以恰好走在立冬第一候。现代我们判定冬季的开始,是要求日平均气温稳定低于10 ℃,其实这和古人要求最低气温低于0 ℃并不矛盾,这样看来古人借助自然的智慧并不输给有精密仪器测量气温的我们。

立冬真骨感。时间走到立冬,路边能看到的颜色越来越单一,自然做减法,我们的心也变得清浅,一点色彩的涌现都会以为是受到了春的蛊惑。一棵垂柳的绿叶随风摆动两下,虽然在寒气中疏影斑驳,但都足够让我们心生涟漪,好像它睡了一觉却醒错了时间，有几分恐惧，但更多的是坚强。在植物界大都偃旗息鼓准备过冬的时候，还是有很多树木大张旗鼓地呼吸着。不过，人总是不太珍惜已经拥有的东西，当年春夏秋用各种色彩迷乱眼帘的时候，我们也总觉得城市索然无味，此刻却因为这一点残存的绿而心有昭昭然。

冬季因为缺少色彩和热度，给人清冽骨感之意。一股股的冷空气除了带走我们的热量，也带走了城市的脂肪，放眼望去，城市有一种被掏空的感觉，前一步身世之感，后一步身世之叹。你不知道这个冬天何时偷走了花香，又何时吹散了落叶，有时候开车看着路旁的树叶，眨眼就枯黄飘散，眨眼就枯枝遒劲，恍惚不知今夕为何月，不知是该期待明年的春天，还是该感叹似水流年。好像那些嫩芽昨天才卖力挤出尖尖角，今天就已然残喘在扫帚头了。

立冬终丰富。冬的本义是终结，是先民结绳记事的绳结。《说文解字》写道："冬，四时尽也。"立冬以后那种"人生天地间，忽如远行客"的感触愈加深刻。《古诗十九首》总是那么深衷浅貌，一语抵心尖。立冬以后城市淡然瘦身，人类疯狂增脂。天气越冷，我们对于食物的依赖就越大，因此，骨感是视线里的幻象，丰腴才是体态上的真实。如果说夏天户外的大排档是一场人与自然的把酒言欢，那么冬天壁炉旁的小火锅就是一次天人合一的双边会谈。而这种因私密而生发的热络，只有立冬以后才能感受到，周围的寒气一步步在靠近，而掀开"以风鸣冬"这层恐惧，周遭却有环绕不息的暖流附体。就好像小时候躲在衣橱里偷听大人们的对话,虽然听不懂也记不清,但是那种因为被包裹和未知而渐生的安全感和刺激感,却一直在回忆深处最微甜的角落。

立冬,让人既怕又爱。从小对冬天的感情就很矛盾,一方面是真爱,另一方面也是真怕。怕冬天是因为每到这个时候穿衣搭配就毫无美感可言,翻出小时候的胶片影集,只要是冬天的老照片,都是黑白相间的肉包子造型,笑还是哭都不重要,因为我的体型远远比我的表情更惊人。小时候,我怕冷又爱美,冬天最热闹的记忆就是围绕在秋裤、毛裤、棉裤上和老妈讨价还价。我在学习上很自觉,别的小朋友是叫不回家吃饭,我是赶不出去玩耍;吃饭上不挑剔,白菜炖豆腐还是豆腐烩白菜,我都装着视而不见努力下咽。唯独,在穿衣服这件事情上,好像立论"大寒小寒谁更寒"的命题一样,双方从来不妥协,妈妈觉得她作为母亲的权威至少要体现在生活中一个精准的落点上,因此她在我穿什么衣服出门这件事上,也总是不放权。直到现在,她在电视上看我主持节目,最关注的依然是衣服。如果我在向寒的节气里,穿了向暖的衣服,老妈一定比朝阳群众还敏锐,第一时间把我揪出来。60秒的语音轰炸七八条,我还必须及时给出反馈意见,方可善终。

我坚持写日记已经有20多年了。我的生日在隆冬,所以从"立冬"开始就会在日记上以物候的倒叙记事,期待生日的来临。6岁那年给自己生日的许愿竟然是"愿今年可以不穿毛裤度过飘雪的冬天"。暂且不说那么小的我,就会这样遣词造句了,只说我被生生冻病了,卧床两周没去上学的日子。看着妈妈恨不得让我融化在如来佛手掌中的那股恨意,和不得不给我熬粥烙我最爱的油饼那种爱意，两者复杂又真实地交融在一起，我就躲在被子里"咯咯"地笑个不停。妈妈隔着被子听不清我在干吗，以为我难受得又在哭闹，她就哄着我给我唱歌谣、讲故事，我就乐得更凶了。生病的时候，是父母的妥协没有任何前提的时候，也是橘子罐头最香甜的时候。

小时候的快乐，好像对着阳光吹肥皂泡，总想等着最亮、最大的那一个，殊不知，其实是那些晶莹五彩的小泡泡给了你源源不断的善意和惊喜。或许那个最大的泡泡一直没来，但是你在等待中慢慢长大了。

爱冬天，虽然从自然的视角眺望，这个季节是山河肃穆、大地不语的；但是从人文的情怀解读，这个季节却是新鲜而热烈的，因为这个季节人与人之间有好多值得互相取暖的理由。从这个角度看，或许我不是矛盾的，而是冬天自身就是矛盾的。好像在人潮汹涌的地铁站，因孤独慌乱而惴惴不安，偷偷瞄一眼周边的人，却发现他们是更大孤独个体的聚集，他们在低头自顾自地玩手机，你端详着他们生活中最真实的样子，既熟悉又陌生，既新奇又寂寞。

冬天，用下沉和收敛的姿态，教会我们宽恕和原谅，就好像质地不一的地面下过雪以后，都是匀质而温厚的。无须去怨恨和憎恶，我们不能阻挡别人伤害我们，我们也无权去代替生活惩戒他人，生活只是想让我们体会一种宽恕和爱的幸福。爱是什么？爱阻止死，爱就是生；冬是什么，冬阻止流动和生发，冬就是以退为进，就是招兵买马。

立冬以后，食物给肠胃的慰藉，常常是直抵精神的安抚。记得小时候，爸爸每年立冬就开始准备各种腌制的食物，妈妈这个时候会囤积好多大白菜。那个时候我们家很小，立冬一到，家里却因为拥挤而好生温暖。角落里一排排大白菜使命般地站立着簇拥在一起，好像让我们安全越冬是它们义不容辞的职责。而几平米的小阳台上，抬头就是各种飞檐走壁、不谙世事的腊肉、腊鱼造型，这些肉制品都是用米酒、生抽、孜然、糖、盐、胡椒粉等作料腌制风干而定型，但因为阳台太小，摆的下它们的造型，就融不进我们的位置。所以妈妈每次去阳台抱白菜，都会听到各种抱怨哎哟声："呀，又和你这腊肉亲上了，今晚又得洗头发"……爸爸在电视前不紧不慢地应声道："别再碰俺家肉了，造型都被搞坏了"……我边写作业边偷笑，然后一伸腿，又狠狠踢了一脚桌边无辜的大白菜。

今时今日的立冬，家早已换了新的光景，更大的通透的房屋，似乎少了些许儿时私密的温暖和热闹。但是爸妈多年的习惯并未改变，一家人互相依偎取暖的渴盼并未减淡。立冬，不仅是一个节气，更是一种仪式，是一种敬意，是一次灵魂起舞的生活朝圣。想起吴冠中的《故乡》："最是童年总入梦，纸上留我旧故乡。"有时候一个人的故乡，也是所有人的故乡，一处的立冬，也是所有拥有冬天的地方，勇敢而充满希望的开始。

小雪，轻如初恋

小雪节气，北方开始飘雪，南方却刚刚入冬。

　　我出生在大雪时节。因为错过所以美好，总惦记着自己要在小雪出生，人生会不会完全不同。小雪是二十四节气中，最懂事的一个。雪下得不张扬，但有张力，她会等你安静地想念完一个人，走完一段路，听完一首歌，再慢慢地停下来。"小雪气寒而将雪矣，地寒未甚而雪未大也"，地上的雪还太浅，一排排东倒西歪、不知归路的脚印，好像有好奇心却没耐心的小朋友只画了一半的简笔画，丢下那些无辜的线条在冬夜等待被填满。而心，也扛着不轻不重的今生，在飘雪的前生和来世一点点寻找记忆的温暖。

小雪情节

　　小时候一下雪，就喜欢跑到窗边踮着脚尖，盼爸妈赶紧回家。雪下得太大，会害怕，如果只是小雪，就会和窗外安静的雪一起等待，等外婆在壁炉边把最后一个故事讲完。爸妈赶回家，一家人热乎乎地围坐在一起吃晚餐。很多时候，人文世界需要自然世界的衬托和提醒，才能自觉幸福和自知感恩，如果总是觉而无味、提而不醒，那就只有给你来一份水深火热、天寒地冻了。因此，我从小就觉得在那些愿意去回忆的窗里帘外，下的从来不是雪，而是情节。小雪仁慈，我亦有明德之心。

小雪家族，自带情节，有很多剪不断理还乱的关系。湿雪，是我们此时比较常见的。北方多地的气温还没有足够低，所以雪多是半冰半融的状态，触地旋即融化。它有几个高颜值的近亲，一个叫"米雪"，叫雪却是冰，它出现在大气稳定的时候，是雪和雾的混血；霰，是另一个混搭产物，是雪和冰雹的嫁接，它多半出现在不稳定的大气中，会落地反弹，破碎就破碎，很刚烈；还有一个比较矫情的家族成员叫作"雪籽"，因为它的出现，对环境要求较高，需要低空有一个逆温层，简单来说就是在它下落的过程中，气温呈现"冷暖冷"的夹心结构。就好像一个冰淇淋化了一部分，就算重新放入冰箱冻上，但它真的不再是原来的冰淇淋了。

小雪轻盈

小雪节气，云轻雪也轻，天地不负重前行，也从来不走过场。虹藏不见，终闭塞成冬。飘来的云掩饰着酿雪之心，将落的雪倾诉着离别之情。人活到如今，谁没有几段爱情和飘雪有关。但是"今年第一场雪，我们一起……"好像不是特别好的句式，说了以后，不是没有遇到第一场雪，就是没有了后来的"我们"了。有人说"双十一"狂欢最大的贡献就是让现在的我们认清，"光棍节"真正羞涩的是"囊中"，而不是感情。因此单身的人，今年小雪节气的最大心愿不再是期待那个拉着你的手一起看世界的人出现，而是期待用自己的手尽快赚得盆满钵满，想带谁就带谁看世界！

中学时代的情感就很轻很小。轻得只剩下爱情，小得你就是世界。那时候从书本边角挤出的一点点空隙，都想留给荷尔蒙起飞。这是在人世间负重前行的我们，最希望寻找到的精神上的微甜。军训时候，偷偷传递的一包烤馍片，课间操，溜到校园外狼吞虎咽地吃一根炸火腿，虽然吃的都在食物链的底端，品的却是神经灶的嗨点。青葱岁月的爱情多半都是从操场走出来的，初雪也是让校园的操场先白起来，那么星星点点的巧妙布局，怎么努力也盖不满的白色，和草的枯黄、塑胶的深红，搅拌在一起，好像男孩女孩初恋悸动的心啊，怎么用力去爱或被爱，都觉得太轻太淡、不够不满。初雪安静地来，但世界不会安静地等待，在男孩女孩的惊喜和尖叫中，雪花一点点洋洋洒洒地铺展开来，在教室外的冬青旁，回家路的杨树梢，自行车的后座上……

若干年后，又一个轻盈而来的小雪，自己已为人父母，脚下的路和迈开的步都不再轻盈。和孩子骄傲地讲起年轻的故事，多半也是渲染自己的球技和帅气，却很少再提起照片中操场外那个看着你一路耍帅成长的女孩，曾经是多么用力用心爱过你。你在雪下煮茶，我在雪中打球，沉醉你的黑眸软语，却不知长空降瑞，淅淅瑶花琼蕊，好似细碎天边桂，轻轻淡淡，香如袂。

所有神圣的东西，都是由梦幻、回想和现实的某个瞬间感悟交织成的。时间和空间的错位撩拨，让这种神圣，像透过古旧寺院门窗缝隙射到木质地板的一抹甘美又馨香的热带月光。曾经可以轻易触及的东西，因为再也触不可及，所以陡然神圣起来，而一旦我们用手去触碰这些事物，它们又会瞬间变得污浊不堪。

所以三岛由纪夫曾说:"我们人类是一种奇怪的存在。仅凭手指就能把东西弄脏,然而自己内心又具有一种能够转化为神圣的素质。"

下雪了,你好想去想一个人,可是你不知道该去想谁。其实和你想一个人,她却不知道你在想她,是一样的孤单和卑微。

小雪很轻,可情意浓烈,有"自昭明德"之心。想起鲁迅曾经说:"暖国的雨,向来没有变过冰冷的坚硬的灿烂的雪花。"可是为了这片雪花,我愿意等,好像煎双面溏心蛋那样小心翼翼又满心欢喜。久石让的《你可以在静静雪夜等我吗?》,每到冬天都会拿出来听一遍,关上门窗,衬着壁炉的火光,品一杯热可可,音乐的每一个旋律都让情绪微酿,灵魂有光。心事大方地拿出来晾晒在橱窗,迎风招展地等待雪后不锈的阳光。

小雪乖巧

初雪的到来,在人间看似轻盈,在天边却拼命经营。

小雪期间,冷空气从西伯利亚赶来,一路忙着倒时差,经常是"没头脑"和"不高兴"的错乱结合。有时候是一股接着一股,有时候是有且只有一股,团伙入侵和单兵作战都气势如虹。唯独在和暖空气联手造雪这件事上,它真是甩开膀子一地温柔。

相遇不一定会下雪,但冷暖空气还是想用生命去呵护这份情动。这如初恋般美好的小雪,从唇齿发音,到天地姿态,一切都是轻轻柔柔地来,安安静静地落,规规矩矩地走。冷空气如果太强势,追得太猛,暖空气会被吓跑,没有冷暖相遇,自然不会下雪,天空就独自晴冷；而如果冷空气太不主动，暖空气太强，温度不够低，下的依然是思念还未凝结的雨。雨，毕竟是人间的世俗产物，雪，才是高洁的精神象征。有时候，只差1度，也会错过初雪，爱情中，只差1步，也会永失初恋。

在下雪这件事上，不仅冷暖空气乖，迎接初雪的城市也很乖。二十四节气的发源地，在小雪节气里一个个拿着号码牌乖乖地等着初雪的到来，华北黄淮一带往往会在此时迎来下半年的第一场雪。从平均初雪日期统计来看，石家庄11月25日，太原11月26日，天津11月27日，北京11月29日。当然这只是平均结果，并不等于在那一天真的会飘雪。就好像算命的大师说你35岁会结婚，然后你在35岁之前都没心没肺地花枝招展，嘎巴一下你过了35岁的生日，可是还没结婚，但之前所有等待的日子也依然是身披霞光。一个人的美好可以随心所欲，两个人的美好必须悉心培育。想起马尔克斯小说《霍乱时期的爱情》中的那句话："她们在共同生活了三十年以后，险些为某一天浴室里有没有肥皂一事闹得各奔东西。"我想，等我将来结婚，第一件事就是去买肥皂。

小雪再见

初雪和初恋都是明明、偏偏和默默之间的故事。明明冷空气想来，偏偏暖空气要躲，最后还是默默相遇结合，迎来初雪；初恋就是明明视线只想落在你的脸上，可偏偏要扫过一片人群，然后再默默装作若无其事地看你一眼。

高中晚自习遇到下雪会提前放学，那真是太开心的事情了，虽然那时候没有美团，没有饿了么，但我们饿了，会自己美美地团，快乐地好像能原地起飞。虽然只有肯德基和麦当劳在记忆中屹立不倒，但是我们背着书包溜进这些地方大吃特吃的过瘾，真的分毫都没少。几个好朋友组团把桌子一拼，几个巧克力圣代，几包新出炉的薯条，几杯冰镇可乐，看着外面簌簌而落的飘雪，再假装聊一聊无家可归的梦想和藏在笔尖的爱情，随便笑一个、哭两声，都是一个被铭记的晚上。

后来我们几个好朋友各自去了不同的城市和国家读书，维系书信联系多年，多数最终也如初雪般寂然无声。如果开头是和雪有关的句子，共同的回忆都会保持队形回到十几年前，那雪地里的奔跑嬉笑，橱窗外的飘雪留香，我最爱的那条粉粉的围巾，还有总是歪扣着帽子篮球打的巨好，拼命保护我，又爱装酷的你们。不过这种回忆的开头，往往会很惊险刺激，像在高速公路突然掉转车头逆向行车一样，你是否有足够的技术和胆量去穿越到安全的结尾，是个悬念。

我们都长大了，可是小雪还是小雪，后面还是跟着一个大雪。自然的更迭，季节的变迁，年复一年地守护着我们的家人和内心，心尖的记忆被吹走了，心底的记忆还在生根。那些年的你我都跑不了，可是那些年的小雪，再见了。

写首小诗，祭奠如小雪般轻盈真挚的初恋。

低头，忽然白洁

起身，方遇初雪

细雪枝蔓，路灯下缠绵旋转

轻似初恋，好想依恋

听

雪落下的声音

轻得怕吵醒苍穹

却在野蛮的安逸中闪耀

雪装扮的世界

美得不像世界

雪

下得有情有义

欣欣然

落在你的球鞋尖和我的小指畔

我拖拽着最终的失之交臂

回忆泛滥

赶紧进入黑色的花瓣

进入火

爱情的厚爪

张扬在雪和想象的枝繁叶茂间

洪流打着响指

宿醉在回忆里

就这样

不惊扰天地

我怀揣着人们眼神里的海

去一个没人看雪的地方

等你

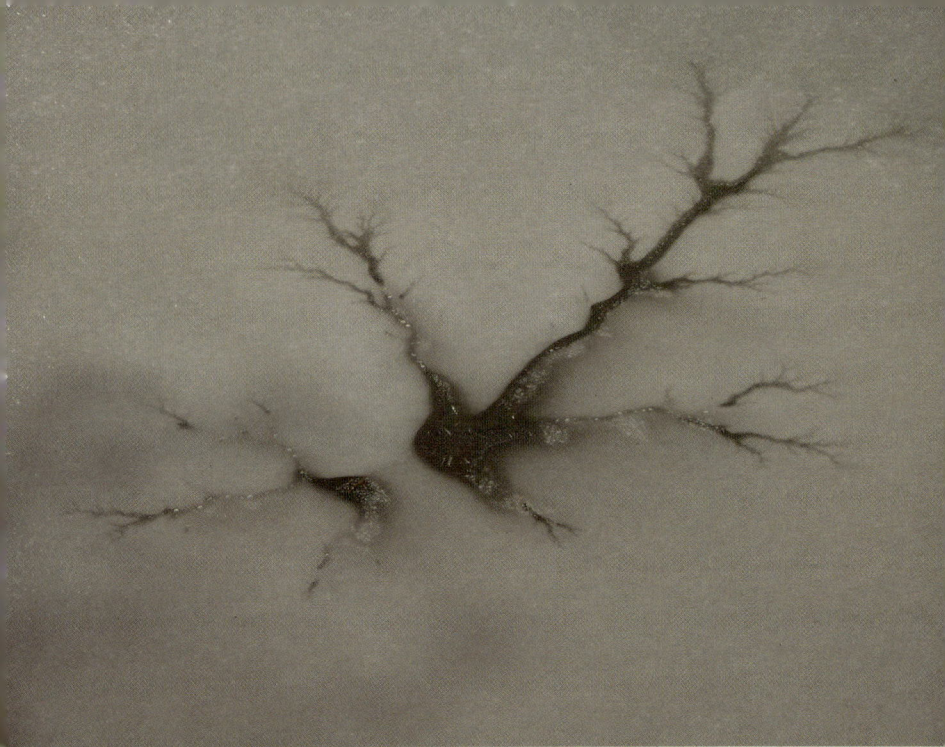

大雪,寂然如馨

下一场酣畅淋漓的大雪，世界和你我，都可以假装安静好几天。有些不快乐，埋着埋着，就融化了，更多的希望，藏着藏着，就长大了。

　　小雪的冷，是平和舒缓的，有峰回路转的可能；大雪的冷，是"哐当"一声，直接被记住的，没有议价。小雪时节，地上堆满金黄的银杏叶，有厚积落叶听雪落的美感；大雪时节，脚边更多是狭长的柳树叶，瘦削枯黄，天地有"冻云霄遍岭，素雪晓凝华"之意，更耐寒的柳树都坚强累了的时候，冬天就真的和你撞个满怀了。冬就是这样一点点缴获我们的，从最初玉指尖的薄寒之意，到冰冷的夜气透过神经，溅进我们心里的粒粒白霜。就好像悲剧，东西方自古最为雄浑的艺术形式，往往都是以相当柔弱之物开始的。

大雪之味

　　大雪，我睁眼和这个世界初见，因此这个节气，对于我而言，有照拂灵魂之气。20多年后，我成了荧屏上的天气主播，这个世界总有些关联在想象之外，又在梦想之间。按照古人的观点，30岁是人生的赤道，童年和老年是人生的两极，30岁就是根，之后的10年是茎，50岁以后是果，这样看虽然已过30的我，却仍然算是探头探脑挤出地面的新芽，这种心态的切换，让我对人生又多了好几分留恋。妈妈说我出生那天的雪下得特别大，百日那天又是大雪纷飞，虽然这是我记忆外的事，但是喜欢雪，却是基因里的情。

大雪的寒是肉眼可见、浮于自然之上的，小雪的冷是循序渐进、融于自然之里的，各有其美。孔子所谓"知命"，孟子所谓"尽性"，庄子所谓"齐物"，都是和"天地有大美而不言"相通的。小时候的冬天，总觉得比现在冷很多，不知道这种感觉是不是为记忆走远后的浓烈蓄情做好铺垫。那时候的冬天像烈酒，不洗脸出门眉眼都立刻清醒，现在的冬天洗多少次脸出门，都难逃雾霾的自作多情。生日这天，爸妈会邀请我最好的小伙伴，一起吃家乡特有的"朝天锅"。这个锅因为"无盖""巨大""朝天"而得名，相传这种吃法源自清代乾隆年间。从气候来看，清代不仅比现在冷，而且雪也下得不节制，《红楼梦》中多次描述"没几天，地下的雪就压了三四尺深"，也许正因为如此气候的机缘才让"朝天锅"这种节气感的美食流传至今。据《潍城文史资料》介绍："设于集市，露天支锅，围一秫秸箔，名朝天锅。"这道美食的起源其实是善心的烹调。据说当年时任潍县县令的郑板桥体恤百姓，微服私访时看到民间疾苦，便下令全县卖肉的商户都聚集在集市，就地垒炉烧火，把猪下水放入锅中，煮卖同时。所以最初的"朝天锅"其实是一锅带着人间暖意的"杂碎锅子"。后来的朝天锅逐渐经过改良升级，锅内用鸡肉、驴肉煨汤，辅佐豆干和肉丸，再配上八角、桂皮、青萝卜丝、胡椒、豆蔻等十几种配料和冷菜，掌勺师傅把浓郁香醇的热汤分给每个人，然后配上刚出炉的一张薄饼，把肠、肚、口条、鸡蛋等切碎，再撒上花椒盐，卷饼即食。

一圈人围坐在直径50厘米的大锅周围，美滋滋、热乎乎地吃着，再就着外面大片大片的雪花，味觉和视觉都被娇宠得不亦乐乎，别提多惬意了。不过现在的朝天锅多半都是有肉没有锅了，而且肉也被精细化处理过，对其他的传统复刻得再妥帖，食物和餐具的毛边感没有了，顺滑的口感中，味道反而寡淡很多。

其实，古人的智慧何止局限在食物里：宋代以前没有棉花，冬天，穷人就用柳絮或者芦花塞到被里取暖，到了宋代，人们在大雪封山的寒冬，会守着暖炉读书，这种季候感的烘托对文学的滋养也是很有辨识度的，高寒的旧俄文学叙事总是充满史诗般的构建、悲怆浓厚的诗情、缜密深邃的哲思，仿佛文学的根系稍浅都会被酷寒的天地斩断手脚；而日本文学中重要的"幽玄""侘寂"和"物哀"精神，也总是在多雨雪的岛国才总能酿出一番更好的滋味。

而不论怎样，东西方文化在对于探究人与自然、生死轮回的玄理上，又总是投射出超越物候迥异以外的殊途同归。三岛由纪夫的《春雪》中本多繁邦谈到轮回："一种思想为各个'生命的河流'所继承，同一种'生命的河流'为各个思想所继承，这两者是一样的道理。因为生命和思想同化为一体了。而且，这种生命和思想本为同一体的哲学一旦推广开去，那么，统括无数生命之河的生命大潮的连环，人们称之为'轮回'的东西，也就有了成为一种思想的可能。"

大雪之忆

大雪，是个孤独又充满希望的节气。虽然此时还没有进入隆冬时节，但是北方多地的最低气温都在冰点以下了。这个时候的风，由"似剪刀"的工匠，变成了"风浪与云平"的霸道总裁，把人按在气流的漩涡中无法逃离，再加上落叶满地、雾霾漫天，心生凄凉之感，身处寒瑟之困。此时是阴气繁盛的时候，但自古盛极而衰，阳气已经开始悄然萌动，大雪节气的三候中，有两候都是代表希望的生发："二候虎始交，三候荔挺出。"自然的更迭，一定会让萧瑟凄寒低像素淡出，温暖新生高颗粒呈现。

大雪，从字面看，也是个略带欺骗性意义的节气。它不像立冬那么诚信，天气说冷就冷了，也不像小雪那么乖巧，初雪说来就来了，所谓的大，不是体态的增大，也不是数量的多，而是下雪的概率大了，积雪的可能高了，有雪的范围广了。

小雪期间北京平均有 1.1 场雪，到了大雪节气，北京平均有 1.4 场雪。可是这些年大雪期间，北京的雪一直是千呼万唤不出来，雾霾倒是不期不盼年年来。从 2015 年到 2021 年大雪节气，只有 2015 年 12 月 14 日下了 1.8 毫米（降水量）的"小雪"，还有 2019 年 12 月 16 日有一场 3 厘米的降雪。这些年你我记忆中的"雪"，其实是名副其实的"霾"。昏黄的天空不是承载了要下雪的期待，而是大片雾霾相伴相生的悲哀。不过自然总是相生相克，因为雾霾的惯常，可以屡屡驱散雾霾的冷空气，也有了讨喜的角色，因此"喝西北风"的心情也顿时喜忧参半，毕竟就几口"西北风"，虽然肚里空空，但至少肺上干净。

10 多年前刚来北京读大学的时候，12 月还经常下雪。我们喜欢大雪天躲在寝室里吃火锅，为了省事，很多原材料都是从食堂麻辣烫窗口带回来的,再从超市买几包羊肉片和蘸料,把窗帘一拉,台灯一开,板凳一摆,小锅就沸腾起来了,那些年的青春也假模假样地跟着摇摆起来。不知道是笑声还是香气,反正每次隔壁寝室的人都能闻香识肉味而来,锅外的脑袋比锅里的肉片还多。现在冬天吃火锅的频率高了,快乐似乎少了。一来是没有雪,二来是肉太多。肉挤占了肠胃太多空间,因此"情不知所起"的自留地也就小了。

关于下雪的记忆还和故宫有关,那个时候还没有万圈晒图,只是活在自己拿捏的剧情里,但乐趣不减分毫。模仿宫廷剧里的小主们,在午门前踱两步。午门是很特别的地方,午门的平面是一个"凹"字,这是从汉代的门阙演变而来的。午门就好像衣服的领子,没有它,直接看到三大殿,好像把历史的神秘面纱撕掉了一半。雪,增加了故宫的静气和神圣,那时候还没有拍照神器,我们却自己加戏,安插了很多蒙太奇手法,看着照片每次都能讲出新的故事。普通的生活调子,加上雪的和音,一切回忆都有了新的变奏。所以说,雪不仅可以让我们"来年枕着馒头睡",还可以让我们枕着生猛的青春,大梦不醒。

大雪之憾

城市"缺雪",对于南方是因为缺低温,对于北方就是缺水汽。可是同样是"雨"字头的家族成员,雾霾的出镜却是万事俱备的。其实,立冬以后,雾霾就渐渐多了,因为气温降低,空气承载的水汽量就会减少,所以夜间到清晨雾多了,另外气温降低,还会导致空气向上端交换扩散的高度也下降了,因此同样的污染物,就被压缩了体积，浓度就高了。雾霾虽然经常一起出现，但着实不是一家。雾，是湿的，其本质是干净的，是水汽的凝结；而霾，是干的，其骨子里就不干净，是污染物，但雾霾现在经常不分你我，团伙作案。之前有一次乌鲁木齐下雪了，因为冷空气还裹挟泥沙而来，所以网友调侃堆的雪人，横切面都是黄沙版的"提拉米苏"。

每次在主持节目的时候提到雾霾，都有种深深的无力感，我们只能客观地传递一种天气现象，既不能增持善意，又无法消解恶意。当初选择成为天气节目主持人，是因为被风雨云雪这些天气要素所深深吸引，觉得它们深谙天地法则，知晓变通之理，该来的都会来，该走的不强求。万物静观皆自得，只有懂自制，才能更自强。自然吹一阵智慧的风，二十四节气走完一场年度的秀。小雪封地，大雪封河。小雪时节，黄河中下游地区迎来初雪；大雪时节，雪可以跨度到长江沿线度假小憩，每个节气都乖乖地履行着自己的使命。那些代表气象要素的符号，虽然在天气版图前都是素颜冷面，可是我们希望用语言让它们变得有韵律、有温度。那是我们真诚的心触碰到自然的风雨，升华而成的人文关怀。让天气传播成为一种有共情力和同理心的热媒介传播，我们主动分享，我们愿意分担，对美好天气诉求的渴盼，对恶劣天气当道的不满。大雪一场，皓鹤轩昂，梦送冬华，快点盖上人世间的慌张，早些带来天地自然的希望，在这个人类和山河不愿多语的仲冬之月，荔草逐渐露出地表，卖命生长！

季节的更迭都是自然节律中性地推进，并无悲喜偏爱。不过在现实和文学中，我们很难完全离开季候去谈论人事。提到冬，文字的质地一定和夏是不同的。夏是万物峥嵘"琥珀杯倾荷露滑,玻璃槛纳柳风凉。水亭处处齐纨动,帘卷朱楼罢晚妆";而冬是天地凝滞"天悠悠而弥高,雾郁郁而四暮。夜绵邈而难终,日晼晚而易落"。所以开始我说冬天的递进和悲剧的意向总有几分相似,除了给人怜悯和恐惧,也在用最微小的感情牵引出盛大、瑰丽和庄严。

不过柏拉图认为悲剧中缓存了太多我们现实中不得不抑制的情感,比如怜悯、恐惧、悲伤,而这些被无限放大的情感一定要小心处置,因为它们的泛滥会使得我们缺少对公正和真理的正确理解。不过亚里士多德并不认同柏拉图对悲剧的推断,他认为:"悲剧可以行使令人快乐,政治上有价值的职责……从而为那些处于情感脆弱危险中的人提供一种公共治疗。"也就是说恐惧但是不逃跑,震撼但不被刺激,所以亚里士多德认为,悲剧是社会进行再教育的一个程序,它起初引发的恐惧和怜悯,恰恰是为了最终要净化这些感情。这种诡谲的理解有点像"尖叫疗法",或许人类的聒噪盛装之下,那些无家可归的悲剧,才更衬托出自然的泰然之尊。冬天的树内里是最脆的,裸露的树干水分很少,一切的力量都在抵御外在严寒,所以冬天不仅有感恩的冬酿,也有残忍的砍伐。不过悲剧的力量就在于,在人类虚伪的忏悔之下,树静美地接受着这种天命,不躲、不避、不伤,用死亡换来人世的温暖。悲剧之外总有闹剧,东北的林子里一到冬天到处都是人们佯装嘹亮的砍伐歌声,可惜雪色岚光中,总是铺天盖地的悲怆之味。

冬至,天地厚德

冬至，是隆冬开始的时候，也是阳气萌发的时候。

这时候的天是刺骨的，地是冰冷的，人是滞后的。因为我们感受到最冷的时候是在小寒、大寒，我们眼见到的绿意苏醒是在来年春天。

冬至和夏至，是二十四节气中两个元老级节气。农耕时代，冬天是苦寒但养心的。杜甫曾有诗："……冬至阳生春又来。刺绣五纹添弱线……"古人对节气自然的变化，总是那么敏锐，因为绣女发现刺绣平添了几针线，意味着这天光明亮的时间突然多了，日子开始变长了，这天就是冬至。古代北欧和俄罗斯的人们，冬天就是诵读，寻找精神世界和真实世界的联通。冬天催生了人们的心智，也激发了人类的灵感，很多作家的创作谱系很宽，但到了冬天，精神的层面就会和温度相向而行，切换到纵深走向。18、19世纪很多辉煌磅礴的长篇小说，都是在漫漫寒冷的冬日熬制的。他们的文字和想象仿佛可以在如玻璃般冷凝的空气中画出自己的梦想，然后他们就可以从玻璃的缝隙中溜出去，需要的时候，荒谬往往带来自由。和他们相比，中国人用"数九"来消磨冬日时光的方法，就妙趣横生多了。

冬至一般不是最冷的，通常我国最冷的时候在"三九""四九"，也就是小寒、大寒期间。因为空气温度高低，其实源自地面对大气的热量传递,热量的传导过程存有滞后性。冬至,北半球光照最少,地表接收的能量最少,地面温度最低,这个冷传导给大气,当人再感知到就是小寒、大寒了。冬至是一年中阴阳转化的关键节气,此时阴气十分强盛,因此民间的养生原则是"不可动泄",《周易》曰:"先王以至日闭关,商旅不行",各级官员也是"冬至前后,百官绝事"。《红楼梦》第11回中提到秦可卿的病也是在冬至前后尤为让人揪心:"这年正是十一月三十日冬至。到交节的那几日,贾母、王夫人、凤姐儿日日差人去看秦氏,回来的人都说:'这几日也没见添病,也不见甚好'。"医生也说一冬是个考验,得熬过春分才知道能不能彻底痊愈。

不过此时枯叶萧索的大地上,阳气的萌动已经开始,自然的暗渡陈仓才能唤醒来年的鸟语花香。所谓"吃了冬至饭,一天长一线",古人认为冬至起,天地阳气始生,新的循环开始,从一候"蚯蚓结"到三候"水泉动",此乃"大吉之日",冬至是天地积德之日,也是农耕祈福之时。这时的天地,虽然冷冰冰,但已在酝酿欣欣然,天地之间,已有深意。而这一切,身处当下的我们可能都悄然不知。

中国改革开放的40多年,那些埋下的草蛇灰线,我们当初也是茫然无措,但再回首已是豁然开朗。我睁眼看到这个世界的时候,已经错过了1978年改革开放的起点,那就从之后的10年开始说起吧。回望过去30年北京的冬至,地远常新,天各有情。

1988 年冬至　真

1988 年冬至是 12 月 21 日，这天的北京最低气温 –2.7 ℃，最高气温 3.5 ℃，天空有些云还有些轻雾，相对湿度在 61%，湿冷的感觉让漫不经心射在玻璃上的光都像糊上了一层白霜。视像上的那一年有点旧、有点慢，但一切都特别真。不知道是不是偷来的记忆格外香，因为刚出生，这一年的冬至真没什么记忆，但是经常翻看爸妈的老照片，好像那些旧旧的画面和干净的笑容慢慢就都属于自己了。那年的北京，人们用冻得红肿的手，躲在公用投币式电话亭里，激动、新奇又笨拙地按键并等待话筒那边的声音。小小的一平方米隔间，藏着的是几吨几吨的秘密和往事，接通的是千丝万缕的情怀和牵挂；那年冬天的北京还是双色相间的无轨电车，吱吱呀呀地驶过长安街，天光很长，天线摩擦轨道的声音，好像把旧时光一点点打磨，仿佛听得到尘埃在阳光下腾挪舞步的心跳；那时候的人们好像都不怎么赶时间，穿衣不太讲究美感，基本就是为取暖，但是灰旧的屋檐下，到处可见执手相看的人，看得那么认真而专注；枯败的老树旁，围坐几个读书念字的孩子，他们的又脏又红的小手，虔诚渴望地翻阅着书本，在他们眼中，这就是未来的世界。看着他们，好像可以看到枯枝上那些在慢慢绽放的灿烂花苞。

那时候总是有很多的等待，因为科技不发达，还原了时间的真实像素，等邮差送信，等固话响起，等纸条传情，等广播通知，等战歌奏响……那个时候一定不敢想象，当时所有的等待都会在多年后被按压进一个只有巴掌大的屏幕，连你的人生也可以缩放进去。不过世间唯一的公平就是赐予人们感受幸福的能力,不会和时间、贫富产生太多关联。一个在艰苦岁月可以扛起一家人生活依然如沐春风的人,现在也依然可以跳脱在屏幕时间之外,同星月放歌。

1998 年冬至　满

1998 年的冬至是 12 月 22 日,这是北京相对暖一些的冬至了,最低气温 –1.6 ℃,最高气温 7.3 ℃,多云,日照时数在 6 小时,其实 1998 年就已经有雾霾了,严格来说,那时主要是烟,悬浮在空中的颗粒物更大,主要是烧煤导致的。不过那个年代我们对生活质量的要求还没现在这么高,各种监测机构、媒体传播也远不及现在发达便捷。所以就算那个年代有人站在大地上抬头看天,质疑昏黄的颜色,也只是暗自神伤一会便自行退下,很难造势成一种国民情绪,所以那时候我们活得简单,而且有种不自知的快乐,这种快乐,在 20 多年后的我们看来叫作:时间难倒回。

1998 年的冬天需要被唤醒的记忆可是满满当当。那时候的刘欢还在披着头发、甩着膀子唱"路见不平一声吼",和这首歌一起火的还有天籁般的《相约1998》组合,那时候的主持人可以凭借一个手势、一句口号,就火遍大街小巷;那一年的《还珠格格》和《泰坦尼克号》都创造了收视的新纪录。那时候的人们还很爱做梦,很有理想,敏锐执着的理想主义者比现在的职业躺平者更值得传颂,那时候的冬天,人们还没有这么多可选择的娱乐方式,所以电视前的人口密度还很大,笑声浓度还很高,面对面的沟通欲望还很强。其实我一直在想，现在很多人当面聊天经常尬场，就各自用低头刷屏幕的方式平稳度过了，可那些年那么多人围着一个电视的日子，电视和我们都没尬呀，还很欢乐呢，从来不用虚伪的热情过度转场。

可惜现在好像时间越来越快、护符越求越多，家里能相聚在一起的人却越来越少。

2008年冬至　寒

2008年北京的冬至，是1984年以来最冷的冬至，最低气温 –11.6 ℃，最高气温都在零下（–1.5 ℃），阵风9级，这天的凌晨还飘了雪花，几片沾了点雪沫儿的褐色枯叶从地上被风卷起来又击碎，打在冬日轻纱般朝阳的脸上，像新长出的雀斑。2008年的冬天，我们举办了举世瞩目的奥运会，也经历了举国悲恸的汶川地震，那年是如此的跌宕起伏，冬至的寒冷也来得比往年更猛烈一些。我记得那天，为了大学期末的创意小片，拖着好友帮我策划拍摄。他甘之如饴地抱着各种"长枪短炮"装备，换乘3路地铁陪我折腾到公园和步行街。为了把我拍得好看，一直端着相机的手长了冻疮，一个冬天都没好。那时候我还不怎么懂化妆，更没有什么美化软件，所以觉得真实的笑容就是最好的光圈，笑着笑着感觉牙齿被冻得又疼又痒，两腮肌肉又酸又胀，所以赶紧捂着嘴、憋着笑。我们照片里脸上那些好看的红色，不是冻红的就是憋红的。记得当时我把脸贴在橱窗上，为了拍一个侧面的剪影，5分钟没动，脸真的被冻在了玻璃上，生疼生疼的，好在那些年脸上的胶原蛋白比较充足，并没留下什么可笑的印记。

不过那些照片现在翻出来看，还都是有灵魂在上蹿下跳的，不像现在照片上那么好看的我们，都只是一个个被软件设定好的干巴巴的程序而已，美得没有悬念，却一点都不感人。有时候，太过于依赖技巧，心里的那股热乎气就容易没了。

那年国贸、王府井圣诞季高楼林立的橱窗里，还是装满了我们想要的世界，虽然我们对怎样把那些光怪陆离的想象，放进我们横平竖直的雄心壮志里还毫无头绪，但就好像看到未来的自己已经站在那些花团锦簇的热闹里一样。那时候我们骄傲的是青春，现在自豪的是拥有大把大把对青春的感受，它们像炉火中慢慢融化并冒着泡泡的奶酪一样稠密香浓。虽然到现我在已经不再眷恋当年梦幻的橱窗了，我有了新的等待填满的橱窗，这种强烈的推背感又把我架在了真正壮举的开端。真正的壮举从来不是被命令，或者不明不白跟随去做的，它一定是自我最舒服的融合，在你最轻松惬意的时刻，那个最想成为的自己闪耀的奇迹，把你推上了时代光影的前端。

冬至把后反劲儿的寒冷留给了1月，自己悄悄和大地耳语，让它不要怕，冬至一候还蜷缩着身体的蚯蚓会苏醒，冬至三候，山间的泉水就开始流动温热，冰封的山河，在你看不到的地方，已经开始做热身运动。就像那些经过漫长苦寒的冬季熬出来的传世精品，途径都是苦的，但末端是光，冬至亦如此。忍受你必须忍受的，就能歌唱你想要歌唱的，天地厚德，你会发光！

小寒，岁华含新

小寒以后的黄昏，空气里忽然多了几丝烟火气，在大块大块寒冷的夹缝里，挤出些远处人家的饭菜香和大地草木萌生的味道。这时候的地是服从于天的，地上的色彩被天上的冷风一片片吞噬，到来年春天，天就辅佐于地了，大地随便伸个懒腰，天上的春风就心领神会，绿的何止是江南岸，每天睁眼打包进来的阳光都是带着花香浓的。

小寒，心生羽翼

小寒此时，旧岁近暮，新岁将启。寒冷的出场已经玩遍了花样，变得毫无惊喜，最冷的小寒、大寒，绿着眼睛蓄势待发，坚毅的鸿雁却已经启程北飞，和动物的决心毅力相比，人类不是得到的太少，而是拥有的太多，真希望那些年初雄心壮志立下的 flag，可以在年末继续骄傲地迎风奔跑。

小寒虽然野柳疏净，天地冷成一团，但此时已有阳气震动，水云滋生。所谓"草木有本心"，小草在这期间已经摇头摆尾地努力钻出地面，但是它根部的活动，才是酝酿新年"大目标"的重头戏。中国北方的冬麦有屯聚之象，麦苗此时虽然无法生长，但是生命的过程从未停止。这个"屯"字，就很形象地展示了草木本心。在寒冷的冬日，它们的根不断往更温暖的土壤深处伸展，这个过程是艰难的，但是每一寸向下的艰难，都是来年春天向上的希望。

自然的智慧在于冷暖的起承转合都是预设好的，跳过哪一段都不是完整的春夏秋冬，二十四节气经历的一切就好像把痛苦和希望按比例调配好的人生片段，有时候你要高昂着头颅，有时候也要俯下身段。加斯东·巴什拉在《空间的诗学》中引用《基督教植物学词典》对德国的水苏属花卉有过这样的生动描述："细小的雌蕊恭敬地站在雄蕊的脚边，但由于它身材非常矮小，所以雄蕊们为了和它说话，必须蹲下来。……每一根雄蕊都守着自己的本分，没有嫉妒存在。"自然界的秩序因为不存在欲望的挑逗，所以一切都是井然、端庄、高洁的，它们不争不辩、只争朝夕，因为冷得不够本分和瓷实都难以成就一个生机盎然的春天。而在这期间所有的苦痛、煎熬都必须咬牙挺过去，这就是根系在逐渐靠近大地深层温暖的过程。付出的越多，和温暖的接触面就越大，根系也就更加牢固。

寒冷，往往使人思辨力增强，要懂得新年的愿望不仅仅是感性的叠加，更应该有理性的削减。在这个断舍离的过程中，慢慢体会生命中的优先级，有时候甚至愿意舍弃生命也要去奋力获取的，或许就是来年立春后，会第一个醒来的希望。

小寒，并非真小

小寒时节，北方室内外就是春天冬天的切换。在一个假春天待久了，出来碰到真寒冷还得怂半天，冻得抓耳挠腮，可是室内一杯暖暖的咖啡,立刻血脉打通。看着橱窗外冻得面红耳赤的人,虽觉似曾相识,却难感同身受。人生来自带的这份健忘,可能是人生里最大的保护色了。人生啊,就是痛苦追赶着痛苦,幸福嫉妒着幸福。

南方,室内外冷得整齐划一、让人绝望,最讽刺的是在"三九"天的室内坐久了,很想到户外去暖和一会。有人把2018年1月26日的朋友圈气象台图片翻出来,那个时候,全中国都在下雪,就剩下一个小小红点的北京遗世独立。而2019年老天又旧圈重画,同时为了不让北京太孤单,在重庆也画了一个小圈,于是执手感伤"贫雪"的地儿又多一个,这南北的深情对望让多少下雪的城市笑出了声啊。

小寒虽然和小雪有一样的姓氏,可是性情截然相反。小寒没有小雪的温润乖巧,它是爆发力极强、耐力持久的,再加上前期冬至对于拉低气温的扎实铺垫,小寒可以说是有实力、又有关系的种子选手,它和大寒的能力可谓旗鼓相当,甚之更甚。

小寒,通常在1月5日或6日开始。这是一年中最冷的时候。小寒大寒谁更寒?这就好像小时候问你爸爸妈妈谁做饭更好吃一样。会有主观的倾向,也有客观的立场。小寒,是冷的向下延伸,不探底;大寒是冷的张牙舞爪,有反转。或许是因为大寒之后就是立春,所以对比暖之前的冷,这种记忆更加刻骨吧。因此,大寒的大,多半是以印象分取胜。

如果是逐年对比,小寒比大寒冷的次数多。每年小寒开始,大致是"二九"的后三分之一段,"三九"一般是1月9日至

17 日前后，完全在小寒节气当中，可以算是小寒的全资子公司。"四九"正好横跨小寒大寒，相当于小寒大寒的合资公司。"五九"一般都在大寒当中，大寒绝对控股。从 1961 年到 2020 年的统计数据看，"三九""四九"最冷，寒冷的夺冠次数："三九"17 次，"四九"14 次，"二九"13 次，"五九"9 次。可见小寒独资的"三九"以及参股的"四九""二九"占据前三，大寒控股的"五九"，排在第四。从这个角度来说，小寒更寒。而 50 年代小寒更是以压倒性优势完胜大寒。不过无论小寒大寒，都有点越来越不够寒，近些年互相傍依着走在变暖的趋势里。

小寒的冷，是局部用力过猛。那种冷，让你多年以后回想起来都自带速冻效果。前几年小寒期间"幸运"地去浙江出差，我一个如此怕冷的人，从下飞机那一刻就仿佛大难临头一样，一出机舱门，那种扑面而来，不留缝隙的湿冷，成片横飞而来，差点把我砸晕，呼吸里还带着点长跑很久以后淡淡的血腥味。出门等车几分钟就觉得脸已经僵了，眼睛得不停地眨，怕一会睫毛都布满冰晶，一只脚先踏上车，另一只脚虽然藏在 UGG（雪地靴）里，但是已经彻底麻木，脚趾悄悄动一下都生疼。回酒店，我把空调开到最大，连烧水的热气都不想放过。躺在床上由原来有恃无恐的"大"字，变成了理屈词穷的"一"条。不敢动，生怕外面严阵以待的冷气挤进来。第二天早上睁眼，看到窗外的太阳都是羞答答的，几丝几缕的光乱七八糟地扔在床上，虽然晴得很彻底，但是窗上的冰花也厚得很离奇，完全打散了光照的统一角度。我看了一眼天，蓝得好像镜面一样，其实说不定也是把云都冻碎了，这种天净无片云的蓝,是一种对肉眼可期的善意欺骗。

毕竟小寒了,离春节还有不到一个月,远在他乡的人们,离回家的日子越来越近了。向寒的天气里,心底生出了向暖的期盼。现在因为疫情已经整整3年春节没有回家了,渴盼回家团聚的心情好像见水亟待飞溅出锅底的油星,总是怀念往年爸爸在电话里说他今年灌了香肠,味道棒极了,等我回家过年刚好一起品尝。我在电话这端,仿佛已经看到香肠领着温暖来串门了。小寒的冷,可以让人的思想变得简单,冻掉多余的杂念,只留最真的渴盼。外面北风呼啸,屋里家人闲坐,热气婷婷袅袅、香味菲菲郁郁,话声柔软,灯火可亲,这种岁华光景,色调温度就刚刚好。

大寒，寒尽春归

大寒，这个有点憨憨的名字，却总是让风，连低吟都像靶场上传来的此起彼伏的箭镞离弦的声响。所谓"九州生气恃风雷"，此时的寒，伴随着自然的震动，寒气砭骨之后，就是阳气壮大之时。震动之后的自然，让人感获畅达之心，坚冰深处春水生，残腊雪霁飘香蕊。最后一个节气，离春暖花开真的只有最后一公里了。

大寒心坚

回想过去的一年，不仅对于我，对于世界上很多人而言，都是一言难尽又值得铭记的一段时光。记录二十四节气，就好像冬日家中，温暖灯火旁的清粥小菜，永远提供给我基础的御寒能量和对自然的敬畏之心，让那颗时而油腻疲惫、时而清欢寡欲、时而急不可耐、时而惶恐纠结的心，在月亮和六便士之间懂得顿挫隐忍、张弛有度。

年初的时候，和自己说要坚持写完一个人的二十四节气，只因有一天走在路上看到立春的花开，闻到了那些新翻的泥土潮气，还有那只不知为何闯进我家的小麻雀，就很想把眼里的春写成字，就算这个春天走了，至少记忆还在。于是这句看似随心的话，变成了一句承诺。每一个节气的文字都带着那时候我的心情和自然的表情，这些懂事的文字拉着春夏秋冬的手，一直认真地在心底踱着方步。刚刚立春的时候,觉得二十四个节气是一个很有距离感的发音,可真正写到大寒这一天,却仿佛看到去年的立春和今年的立春在脸贴着脸嬉戏。这种轮回,是一种时间在时间之上的起跑,是一种上下对望都看不到出口的命运的神秘交错,好像时间结晶体的美丽断面,永远有律动的光影,却未有一刻清晰。

到了大寒,清简知足的自然更反衬出人的焦虑奔忙。古人用"岁寒三友图"参悟自然的教诲苦心,在恶劣冰冷的环境中,松、竹、梅可以坚定地保持本心,不退缩、不慌张、不畏惧,苏东坡更是常怀"风泉两部乐,松竹三益友"的雅兴。心若清晰坚定,幸福感会一直浸泡着心灵,像夏季的湖水,可以时不时浸满庭院。可心若混沌凌乱,越忙就越和光背道而驰,最后懂得原来孤独有致命的书生气。这两天给高中生上课,他们有气无力地回答着我的提问,茫然无助又故作坚定的眼神,让人心疼。家长都以为他们在灯火通明的房间里昂扬奔忙,但孩子们在四处无光的迷宫里毫无方向。30多岁的我,结结实实站在阿姨的行列里,又一次体会30岁生日说的那句话,我觉得自己这个年龄才是美得刚刚好的时刻,因为我终于对自己的生活有了足够的选择权,不再总是那种"吃得了咸鱼抵得住渴"的被动应对姿态。

学生说从早上6点睁眼开始忙,一直到晚上10点多下自习,吃饭如厕都要掐时间,年华都埋葬在了书本试卷里。同时必须承受考学名次竞争的压力,家长同学攀比的压力,身体精力透支的压力,觉得就快要熬不到爬上岸那天了,自己把自己打败,是唯一一件不用逆流而上的事情。真的应了《战争与和平》中皮埃尔那种完全失序的状态:"有些问题既无力解决,又不能不思考。仿佛头脑里的主要螺丝钉坏了,而他的全部生活就是靠这个螺丝钉维持的。这个螺丝钉既拧不进去,又退不出来,只能在那里打空转,又无法使它停止不转。"

其实人都是这样过来的,从毫无意识的自我,到追求意义的自我,到总是较劲的自我,最后才能彻底放过自己。他们希望时间一下子快进到高考完的那天,渴望感受一下那天的心情,哪怕尝一小口也行。其实就算上了大学,快乐的成本也不会因此降低,高中时代的压力都是看得见、摸得着的,但是大学和工作以后的压力,却是藏在暗处集结的妖怪,你不知道它何时以多少倍速冲向你、打败你。其实人生最大的赢家就是想尽一切方法让自己永远不下牌桌,这样你就总会有赢的机会。但是活着就是一场倒计时和淘汰赛,从来不是无限游戏,级别越高,装备越好,同时面对的敌人也越强大。所以心智的成长最好是快于脚步的方向,请相信当一个人内在的行为很伟大的时候,外在的行为就绝不会渺小。这种抽丝剥茧的阵痛,这种举棋不定的犹疑就是成长的烦恼,也是成长的馈赠。有一天你能体会世界就像一瓶悄悄变质发酵的葡萄酒,你总是在尝到不同的味道以后,才发觉其实你也不在原点了。

大寒象悖

大寒之后,就是南北方的小年了,再几日便是春节,自然肃穆寡欲,人间却把酒言欢。腊肉、酱鸭、香肠、酥菜、糖瓜、米饼、饺子、年糕开始在人世间热火朝天地串门，在肠胃里上下翻飞地奔忙。大寒节气，在时间序列里位于"震卦"时空，天气寒冷到极点，连钢铁都能冻裂，何况万物。可是现在抬头看天，就知道树的姿态在春夏是风景，在寒冬是境界。光秃秃的树枝，反而更穷尽了全部的力量抓向天空，几丝几缕的淡云，是那些戴着镣铐跳舞的枯树藤蔓在冰凝的天空吐出的淡淡呵气，看着它们，你就能想象此刻那些深埋地下的根茎，生长得有多么不遗余力、争分夺秒。

寒冬腊月，是温度和色彩的真实对撞，银装素裹的世界配上红梅烈酒的人间，这个冬天才刚刚好。何为腊月？"腊"原指猎取禽兽肉用以祭祖，与"伏"相对。陆游曾有诗《大寒出江陵西门》："……淡日寒云久吐吞……点点牛羊散远村……"这种有点疏离哀吟的乡野冬日，在心里竟然还能晃出点儿酒味儿。说到酒，在娱乐设施贫乏的古代，真的是生活情趣的触发因子。白居易在大寒时节道出了酒美情重的风韵："绿蚁新醅酒，红泥小火炉。晚来天欲雪，能饮一杯无？"如此，冬天喝的酒和夏天喝的还真不是一个滋味，夏天喝酒越喝越开阔，说不定鸟鸣花香天就亮了，冬天喝酒喜欢那种私密热闹的小场面，局促紧张了一年的心，在犄角旮旯里才放得开去舒展肆意一下。但就算是冬天，每年喝酒的心情也都不一样。20多岁，很喜欢和朋友们聚到一起火锅小酒地走起来，那时候大家的梦想都特别大，特别敢说敢想，虽然食物的画面感是模糊的，但是说过的话、爱过的人都是轮廓明晰的，连当时后海某个歌手咬字的表情、转音的声调都清楚地记得，只因为那时被你紧握的手；那个时候从来不畏惧时间，动不动就喜欢说一辈子，现在呢，连明天的事儿都不敢说，因为不想辜负对方，更不想失信于自己；那个时候多晚都敢撒开欢儿地吃饭，就算不运动，第二天也敢直视体重，但是现在话不敢说满，饭不敢吃多，路不敢走远，一步步谨小慎微的，从立春走到大寒，可还是身心疲累，灵魂酸软。

数九记录的是寒冷，心盼的是春归，大寒以后的气温会触底反弹，逐渐回升，到小暑大暑又是一个新的顶峰。那些每年春天都吹的风、开的花、醒的叶，从来没觉得疲惫过，每年都信守自己和时间的约定，看着那些已经启程北飞的大雁和枯树上悄悄留守的枝丫，也想给自己一个大大的拥抱。那些曾经觉得遥不可及的愿望，无论是迂回还是直球，都在一步步看得见的脚印里，渐晰出了轮廓，好像机械表的齿轮推动指针完美地转过一格又一格。这种梦想和时间的契合感，那"嗒"的一声，对我而言，就是人生的意义；对自然而言，就是寒尽春归。

踏着节气去旅行

雨水，故宫寻雨

雨水节气开始,春天的影子从立春的探头探脑,已经变成自信的摇头晃脑了。我们感受了飘雪的故宫、赏灯的故宫,也在雨水节气里抚摸一下雨中的故宫吧。

有段时间故宫几乎天天上热搜,先是情人节相约故宫赏雪,单身的人被虐得梨花带雨,马上600多岁的紫禁城在上元节又大办"灯会"。顷刻间,那个冷静神秘的宫殿面纱在雨水节气的凉风中萧然滑落,在光影下摇身为时尚之都。这种错世感,让那些看完宫廷剧就幻想自己是阿哥、格格的小仙儿们,摩拳擦掌地要挤进故宫刷个上元之夜。

要我说,何必非要在大红大蓝的射灯下感受和乾隆爷的摇摆农家乐啊,我们可以在细雨如织的黄昏去踏寻一下明清殿宇下的芭蕉雨荷;大雨滂沱的时候去感受一下龙凤云纹的望柱旁那千龙吐水的震撼。这正是自然伟力和人类智慧在世界最大的木质皇宫建筑群中碰撞而渗析出的沉甸甸的智慧。

在西方,气象学被宗教禁锢了数个世纪,就像《圣经》中提到,上帝不仅支配着天气,上帝本身就是天气。莎士比亚的很多剧目都体现了天气是描写戏剧性冲突的关键:《麦克白》中的迷雾,《暴风雨》中的海滩,《仲夏夜之梦》中开场的仲夏夜晚,在西方文化历史中,有所谓的"仲夏疯"和"月晕"之说。在有月亮的夜晚,不仅人容易释放自我，陷入欲望、激情，连动物世界都是如此，达·芬奇在《笔记》中提到，牡蛎会在清朗的满月之时完全张开，而蟹就会趁机扔一块石头使它合不起来，这样就可以在满月之夜享用美味。这些场景中天气的力量都是神秘而未知的。而亚里士多德的《天象论》直到12、13世纪才被重视。那时候，很多船员出海都要依靠经验对环境的感知来判断天气，或者是借助于其他自然之力，比如月亮。英国早期历史学家Bede Venerabilis（尊敬的比德）有这样古老的观点："如果月亮的下弦月看起来是金色的，将有风；如果在新月上方出现黑斑，未来一个月会多雨。"

而要说在中国这个农业大国，古代对于天象人文的认知真是智慧匠心的最优体现。最早测量天象的工具就是"雨量器"，春日的"桃花雨""杏花雨""榆荚雨"，夏日的"濯枝雨""贺嘉雨"，秋日的"催禾雨"，大都体现的是春耕秋收和天气的关系，也很能说明，雨，从古到今都下得很认真。而中国的文人更是把雨的意境写出了灵性，朱光潜先生曾说："我等了好久才存了这么多层落叶，晚上在书房看书，可以听见雨落下来，风卷起的声音。"李清照写："伤心枕上三更雨，点滴霖霪，点滴霖霪，愁损北人，不惯起来听。""点滴霖霪"把南方的雨那种层次丰富，连绵不绝全然道出，雨要是"萧萧"还只是意境，等下到"霖"的程度，就是满满的身世感了。这种身世感有时候还会夹带着某种特殊的气味，张爱玲就曾说，下雨天走得飞快的电车脊梁，被打湿了，脱色成为那种做旧的钢蓝色，就透出人们寒暄时那种"酸惨的铁腥气"。而北方的雨多半是直来直往、气势如虹的，有朋友曾说大雷雨叫"闯雨",这个莽撞笨拙的词,有趣!

还记得早些年去日本京都的清水寺,住在山上的庭院,发现有些要故意装一个铁皮屋顶,以便听雨,这是禅心。京都的天气类似我们国家长江中下游一带,会有大片大片的梅雨季。因为村上春树是京都人,《挪威的森林》的取景地也有很多京都的影子。小说有一句话让我印象深刻:"我和绿子交往的最动人处和转折点,莫过于两人一起在阳台上,边看火灾,边吃关西料理了。"当时的职业习惯第一反应竟然是,有火灾,这个时候不太可能是多雨的春季,也不太可能是六七月的梅雨季吧,然后又想到了这里提到的料理会不会恰好是《孤独的美食家》中的五郎叔叔那让人大口吞咽口水的关西大阪烧呢?我承认我错付了村上此处的爱有深意。

在中国古老的紫禁城,对自然的敬畏之心和对节气的崇尚之礼早就融在每一个建筑的细节里了。像随处可见的望柱,有的望柱头是莲花瓣形状,上面有二十四道纹路,就是象征二十四节气文化的。而在故宫外朝内廷的古老宫殿屋顶上,如果遇到下雨天,又会听到历史怎样的回音呢?

故事就从太和殿,也就是我们说的金銮宝殿的屋顶开始讲起吧。有个词语叫"五脊六兽",在方言中形容一个人百无聊赖、闲得难受。可在古代,这些小神兽可是一刻不得闲啊。在金銮宝殿屋檐上的一个个小神兽,天上地下的事儿一揽子打包。一边建筑上是3个,两边加起来就是6个,也就是我们常说的"五脊六兽"。五脊六兽式的建筑要么是达官贵人用,要么就是家财万贯的人用。

普通人的建筑一般都是卷棚式,并非起脊式的,也就是顶呈坡形的房屋。

"五脊六兽"到底在下雨天可以发挥怎样的作用呢?先说春雨如织的时候,当然就是默默防雨!在中国只有故宫太和殿屋脊上的神兽可十样俱全。象征"稳稳的幸福"的屋脊上的神兽,远远不止寄托美好的愿望和象征权贵那么简单。前面提到故宫是世界最大的木质皇宫建筑群,所以,以兽镇脊,首先是为了避火消灾。另外在屋顶两坡瓦垅,也就是屋顶上用瓦铺成的凸凹相间的行列的交汇点,以吞兽严密封固,也是为了防止雨水渗漏。同时还有屋顶的"人字坡"也是古人防雨心机的霸气侧漏,在斗拱的帮助下,古建筑可以有出檐。这种出檐不是简单的一条直线,而是形成一条曲线。屋顶前后两面的飞檐,便造就了"人字坡"。这种坡面曲线,既可以缓解雨水流下的速度,还能增加雨水滑行距离,使雨可以落在距离房体较远的位置。从而减小对高台阶上古建筑的影响。

雨水不愿意静默的雷雨天怎么办呢?古代人又不能发圈刷微博,除了顶着芭蕉扇园中嬉戏,"博得游人赤脚归",再就是沏茶读诗了……可在让自己怎么多活两年这件事上,真是铆足了劲儿地,潜心钻研。刚才那些小神兽除了防止建筑漏水,还有一个很重要的功能就是雷雨天的避雷功效。在小神兽旁会拖着一个长长的"金链子",这就是古代的避雷针了。除此,在屋顶还有一个避雷的装置,就是"鸱吻"。由于它通常置于宫殿建筑最高处,又有金属物附带,所以雷雨时往往首先遭到雷击。而鸱吻本身多是琉璃或者陶器一类的非燃烧体，即使遭到雷击也不会引起火灾，所以它具有原始"避雷针"的功效。在康熙年间，一位法国旅行家写的《中国新事》中就提到了这个："中国屋宇的屋脊两头，都有一个仰起的龙头，龙口吐出曲折的金属舌头，伸向天空。舌根连接着一根细的铁丝，直通地下。这种奇妙的装置，在发生雷电的时候，就大显神通。若雷电击中了屋宇，电流就会从舌沿线下行地底，起不了丝毫破坏作用。"从这个记载时间来看，我们使用避雷针的时间真是远远超过富兰克林了。

富兰克林的风筝试验和避雷针发明，从科学的角度给我们解释了为何高端的物体最容易受到雷击。但是在这之前西方城镇仍然会在教堂塔顶堆放很多旧武器，认为这是上帝不会施火的地方。可就在1796年，意大利的布雷西亚，教堂顶存放火药，遭到雷击，整个城市有六分之一被夷为平地。

雨水节气里，去故宫走走，不一定碰上下雨天，但可能会听到历史一角的雨声。或许我们的一生，总需要这样一些时刻，停下来去感受对自然的敬畏和节气的馨香。你无法触及它们，无法和它们说话，甚至没有任何力量可以惊动那些历史当年静止的样子。但这就是生命力，深沉、高傲，不以单调为苦。或许你的心会被洗练，澄澈的像久雨后的天空。

惊蛰，
叫醒巴黎的阳光微雨

这些年旅行走过很多地方，唯有巴黎和台湾一直舍不得动笔。因为总感觉生活慢慢把记忆的水分蒸发，文字或许才能更好地还原城市的质感。巴黎不缺水，也不少阳光，可它既不过分亲近水源，又不刻意依赖阳光，无论是昏暗的小酒馆，还是明亮的咖啡店，无论是衣香鬓影的香街，还是气势如虹的卢浮。她不是一座今年靠运气赢得名气，明年又靠实力输回去的网红城市。她不要往事如烟，也不求灵光一现，她是巴黎，一杯倾城的巴黎。

3月惊蛰的巴黎，相当于上海3月初的雨水节气尾声。5℃—12℃的气温，稍微下点雨，阴冷就能随便从各个地标建筑的缝隙里挤出来，塞纳河上的冷风也吹得左右分明。可是，无论晴天雨天，梦里唇边，脚下眉间，巴黎，有一种魔力，是一个让你总想端一杯热拿铁，立刻撩起裙角，跟她私奔，不顾一切狠狠爱一场的地方。哪怕只是一段偷来的时光，无关承诺、无关信仰。

走完了地下铁，却走不完世界

我落地巴黎的时候，是凌晨。细雨蒙蒙的天空，整个城市还没怎么醒来，一坨坨雨层云的下方是一条条古老又不那么整洁的街道，和铁灰色厚厚的砖墙建筑遥相呼应，好像在历史的废墟里呐喊很久而无人应答的绝望小兵，而非在历史的遗迹中锻造城市文明的大国工匠。

我开始似乎体会不到这样一个让我心心念念的城市凭什么就牛气地叫巴黎。呼吸的末端没有浪漫的尾音，倒是充斥着夜晚酒吧里微醺的酒气。巴黎的地下铁是真的很破旧，好像我们现在某些城市景观刻意仿古的劣质叮当车，锈迹斑斑，吱吱悠悠，还是自己手动开门的装置，第一次真的因为没来得及开门，而眼睁睁错过了下车的时间。直到看到地铁上每一站独特的细节设计、呼啸而过又跃然墙壁的历史遗迹，还有几乎所有人都手捧一本书，我才忽然觉得这就是巴黎，她根本不在乎你怎么看，她只在乎自己活得自在洒脱，而且自带镶边气质就够了。巴黎人看的书和东京地铁上人们看的不一样，巴黎人几乎都在看小说，看似无用主义和实用主义最炽烈的碰撞，在人类文明上一站到下一站的列车上对心正碰，颐指气使，火光四溅。

巴黎的地铁是 1900 年修建的，据说是为了向 1900 年万国博览会献礼而修建的庞大密集的地下交通系统，虽然那个时候的中国还只是少数富人才能在黄包车里看风景的大清末年。可是当时的万国博览会，特意设计的"中国馆"真是影响深远，当时展出了中国的渔业发展，还有我们的酒馆文化，和 19 世纪末的西方技术相映成趣，也成为西方了解这个神秘东方国度的窗口。

沐浴着文明与科技之光，承载着历史和人文诉求，你会感受到纷杂拥挤的地铁线路其实有很多人性化的设计创意。巴黎地铁已经行驶了一个多世纪，它是飞驰的，或许又是停滞的。记得《巴黎地铁上的人类学家》里有这样的句子："巴黎人就是有这种特权，把地铁路线图当作备忘录，当作一种记忆的开关，一面袖珍的镜子，映照出青春鸟儿凌空飞过时的影子。"

5号线"巴士底站"（Bastille），你可以看到墙壁上装饰的法国大革命壁画，画外的时光兜兜转转，画里的人生却是所过非年。据说当年巴士底狱拆毁的砖墙在该地铁站的底层还有两块珍贵的留存，而其他大量的巴士底狱的石块都被用作建造协和桥了，这座桥就是巴黎市内交通流量最大的一座；而在11号线的"文化与事业站"（Arts et Métiers），因为临近巴黎工艺美术馆而得名，设计师在凡尔纳作品中获得大量灵感，地铁站内采用了潜艇窗口和铆钉装饰，连垃圾桶都是特有的古铜色，科幻感极强；而罗丹博物馆所在的那一站则伫立着等同于罗丹原作的巴尔扎克雕像。

在巴黎，就要用巴黎的方式进入她。往地下钻，你可以感受到有多少当时被歌颂祭奠的祖先，就有多少被争议怀疑的人物。一趟趟地铁带着我们从不同的文化中并行交错、破土而出，虽然文化彼此不同，但是没有任何文化对于其他文化来说，是根本怪异到无法理解的。巴黎市区的规划就像一个大大的蜗牛壳，20个区一圈圈顺时针向外扩散，而蜗牛壳的中心就是"夏特莱站"（Chatelet les Halles）。巴黎地铁被称为世界上最艺术的地铁，其实我觉得巴黎地铁本身就是一种行为艺术，百年来巴黎地铁艺术发展的不同时期和地铁站点与地面文明之间的紧密联系，形成了纵横交错的艺术姿态和风情万种的人文情怀。

阳光下的左岸塞纳香

3月的巴黎,几乎是一半晴天一半阴雨。10多年前看《巴黎,我爱你》,一部堪称经典又褒贬不一的电影。18个关于爱的小故事从哑剧到魔幻,从黑色幽默到超现实主义,虽然有些用力过猛,但还是比较真实地赋予了这座城市无限的可能和那种历史与现实擦身而过的光影质感。当时看到一对恋人手拉手在塞纳河畔散步,虽然他们穷得什么都没有,可是在塞纳河夕阳余晖的映照下,他们仿佛才是全世界最富有的人,不自觉地跟着剧情嘴角上扬。从埃菲尔铁塔一路走到塞纳河边,阳光的倾角很好地配合着我走走停停的脚步,巴黎的人们真的比动植物更愿意亲近自然,铁塔中心区域都挤满了人,而半径一公里左右的草地上,都是极其惬意慵懒、造型各异的巴黎人,有些人看的是风景,有些人本身就是风景。

我沿着塞纳河走着,没有了光影效果和后期技术处理的塞纳河,顿失了很多魔幻浪漫,可是那种真切流淌的,并不那么纯净的河水,倒是让我的心更自在任性地穿越在左岸右岸的风情文字里。3月的巴黎,风还是凉凉的,哪怕是没有阳光的一小片阴凉,吹来一阵风也会让你的皮肤迟疑一下。不过巴黎是温带海洋气候,所以风虽然凉但是湿润,巴黎女人的优雅也着实和这里的气候分不开,水汽氤氲的妩媚足以掐灭所有荷尔蒙在燃烧的烟头。

在两岸有很多著名的酒馆咖啡,当然它们的著名,是因为曾经在那里的人和作品的光辉。上海人对于喝咖啡的门道可以追溯到20世纪初,王安忆的小说《长恨歌》中曾写道:"老大昌的门里传出浓郁的巴西咖啡香,更是时光倒转。"而巴黎的咖啡文化起点,就更加绵长悠远了。在左岸日耳曼小广场上,有一个双偶咖啡馆,据说19世纪时,海明威在那里度过了5年的写作生涯,萨德也在那里讨论过他的"存在主义",当然还有我特别喜欢的加缪,据说当年也在。不知道《局外人》里会不会也藏着一点这个咖啡馆的烟草香。我还特地把《局外人》带来巴黎,试图在最心仪的咖啡奶香里再感受一遍那些像阳光一样强势挤压进我体内的思想。加缪的文字是轻掩的薄雾,又是削骨的北风,死前都是拽拽的,一副"我从来都觉得没什么好说的,所以宁可把嘴闭上"的骄傲和不屑,可是那种单是从文字缝隙里涌出的绝和丧,还有时间发酵后又反转带来的力和光,已经足以让你心里每个沾满饱和汁液的细胞,再在文学的浓汤里翻江倒海一次。"我知道这世界我无容身之处,只是,你凭什么审判我的灵魂。"不知道他写这句话的时候是不是塞纳河在下着没有边际的雨。

塞纳河是以泉水为源的,从女神的背后悄悄流淌出来,当地的高卢人传说,这个女神的名字就是塞纳,是一位分管降水的水仙姐姐。其实无论哪个国家、哪个时代,祈雨和祈福感恩诚挚的心很多时候是相通的,因为防雨可以人为努力,但是下雨更多时候只能向天借力。塞纳河盆地大多都是可渗透的岩石构成的,具有很强的吸水能力,可以有效地缓解洪水泛滥的危险。而在塞纳河上伫立着36座桥体,其中比哈坎穆桥绝对是门面顶流,70年代的影片《巴黎最后的探戈》一举成名,之后《盗梦空间》和《碟中谍6》等很多大片中都有它的身影。

有时候觉得巴黎真舒展，每个人的神经都可以无所顾忌地晾晒在草地上、阳光下，有时候又觉得巴黎好局促，想认真喝杯咖啡看本书，都有可能和桌对面的人鼻子碰鼻子，有点兵戎相见的尬场。在巴黎，你需要把中国胃和北京时间迅速切换成巴黎模式。黄昏才是当地人忙完一天开始惬意下午茶的时候，当你带着已经空落落的胃准备大快朵颐的时候，才迎面遇到人家的畅饮时间，多半是简单的一杯冰镇啤酒或者碳酸软饮。一双精致细腻的手和一只极其精致的女士香烟，把巴黎小酒馆的气氛点燃，那种优雅无拘束的烟体轻盈摇摆的姿态，像极了那些巴黎女人走路的婀娜身姿，烟袅袅地升腾到低垂的云面，而那些唇齿相依饱满的法语音律，借着有形无形的介质，在黄昏的城市上空俏皮地亲吻着每个有故事的人的脸庞。

晚上8点以后是巴黎活出真我的启幕时间，安逸晚餐开始，每一道菜的间隔都很有考究。晚餐前的开胃酒是晚餐幸福哲学正确的打开方式，主菜时候配的各种不同类型的酒和量身定做的酒杯，还有香料和几百种调味汁的精心选择，都在最大努力引领着挑剔食客的肠胃，好像在说你可以再苛刻一点，看我行不行。上海人钟情于本帮菜馆和街头巷尾的老字号，巴黎的美食则源于意大利，意大利文化又传承自古罗马帝国，每一道食材的味道都在数千年的历史流转和文化变迁中，寻找到了最适合自己的安身之处，整装待发地跳进巴黎人浪漫气质的末梢神经。好多次吃到最后我都是又困又累，可是看看旁桌的六七十岁的老妇人，还在优雅而优哉地按照食物的调性享受着味蕾的惊艳与顷刻的满足，想到《在绝望之巅》曾说:"优雅是从法则下面解脱出来,是从隐蔽的诱惑下面解脱出来……在优雅的状态下,生命显得更加明亮。"

阴雨中的哥特式建筑情

巴黎好多著名的建筑都是沿塞纳河而建的,阳光下和阴雨中,这些建筑的气质是完全不同的。好像庄园里的社交名媛终于可以脱下晚礼,穿上自在的衣衫,挽起裤脚走到河边,放飞自我,远离桎梏,素面迎风。享受了3天阳光眷顾之后,一直到离开那天,巴黎都一直沉浸在阴雨中。巴黎下雨的时候,城市的建筑好像校过色的老照片,仿佛每一块砖墙背后都藏着一个等待拆封的故事,伴着雨水滴滴答答的声响,迫不及待地想诉说给你听。雨水顺着古老砖墙簌簌而落,有些掉落到鹅卵石的地面上又弹起,泛着好看的光,还有些顺延伞骨而下变成歌。

因为这次的巴黎之行完全是念起而为,所以并未想第二天恰好是卢浮宫闭馆的日子,无奈之下,大雨滂沱的时候去了巴黎圣母院。其实中学时代大家都在读《钢铁是怎样炼成的》《飘》《简·爱》的时候,我看完的第一部长篇小说竟然就是雨果的《巴黎圣母院》,晦涩难懂的语言和时代背景艰难地融合,使我这小说读得牵强附会、歪歪扭扭,好像刚学会走路,却对世界充满各种好奇的婴儿,只浅浅地记住了卡西莫多这个丑陋的名字,和那些真善美的内心。然后一座我从来没有见过的抽象宫殿,在我的心里靠着通感和联想执着地生长起来。无论是象征底层善良人民,却对这个社会的不公无缚鸡之力的卡西莫多,还是代表着贵族势力、贪欲专横、人性伪善的克洛德,归根到底反映的是那个时代制度与人性之间的断裂、冲突;神权与人权、愚昧与求知之间的不共戴天。但也有人说其实雨果当年写的《巴黎圣母院》并没有赋予人物之外这么多沉甸甸的社会意义,他只是真实地还原了人性,可能只是他曾经在巴黎圣母院散步的时候,忽然想到了自己可爱疯狂的女儿和死在精神病院的哥哥。

那天的雨下得特别大,塞纳河的水位涨得很高,以至于一整天的河上都没有船只的来往,只有雨溅起的大朵东倒西歪的水花和诚惶诚恐的鱼群。巴黎圣母院那天人很少,我们没有排队,直接进去了。我们冻得瑟瑟发抖,整个建筑投射出来的威严和肃穆,把气温又狠狠压低了几度。圣母院的祭坛、回廊、门窗都展示着丰富的雕刻艺术,而它本身是全部用石头建筑而成,所以雨果称它是"石头的交响乐"。教堂内垂直简约的线条和顶端彩色的玫瑰玻璃窗形成色彩和质地的双重对撞,没有任何横断的柱头和线角打破它们向上的动感。"哥特式"被合译为高直式,也是这种建筑形式上的直接感官体现。堂内其实还有一个很大的特点就是玻璃窗几乎都是彩色的雕饰,如果是晴朗的天气,阳光从这些彩色窗棂射入,投射到地上,会形成那种七彩花团,凝脂留香的感觉。可是那天的雨下得太大,湿气夹杂着大片的冰冷,让那天的巴黎圣母院看上去有点像英式豪宅庄园中住在地下室的冷面管家。

从圣母院出来,我们挤进一个小而有特色的咖啡厅,点了暖热的奶油蘑菇汤还有鹅肝、牛排。好想把这些食物的热量直接扔到胃里，然后让全身迅速取暖。等着食物的过程，挤进这个小店避雨的人越来越多，虽然这场雨从昨天就一直在下，可还是能困住很多不着急赶路的人。有一个金发碧眼的巴黎姑娘，还没站稳脚跟，就拿出一本皱皱巴巴的小说靠着墙角读起来，一杯热咖啡很快递到她的手上，她端着咖啡，随意地把淋湿的头发别在耳后，几颗调皮的雨滴顺着她好看的下颌侧影，试探地滴答在粗棒针线的白色毛衣上，简约休闲的破洞仔裤配一双飒感十足的切尔西半靴。不停忽闪的睫毛仿佛在小说惟妙惟肖的情节质地中打着节拍，她的眼睛始终没离开手里的书，好像外面的雨完全和自己无关。此刻，皮囊和灵魂行走在了巴黎并不相同的天气里。

春分，
江南金黄一脉香

节气是地球在公转轨道上的一个个精准的脚印，因为地球和太阳的相对位置比较固定，因此每年春分的阳历时间都相差不大，一般都是3月20日或21日。春分的天气真的很能打，季节版图上除了秋天，冬春夏都在竭尽全力凹造型。记得2019年的春分，是全国天气手拉手燥起来的日子，东北大雪纷纷，江南雷声滚滚，西北黄沙漫漫，华南炎热阵阵。但是万物相随而出的春天懂隐忍、不跨界、有智慧，在自己的时间线和地域中知足又勤勉地做着该做的事。它让地面萌动的绿意上升到了嘴角鼻尖的高度，让积攒了一个冬天的花香情浓释放到了一个合适的维度——江南。

比较确切的江南的概念是在唐代才形成的，当年唐太宗分天下为10道，江南道的范围完全处于长江以南，他们那时描绘宁夏平原的风光，就已经用上"塞北江南"这个词了。唐代商业发达，江南地区有很多沿江而建的"市"，诗词歌赋也流转在这些热闹的小市，在灯火夜妆明、花香满庭院的春日夜晚，富饶人的心性，滋养人的灵魂。"妇姑相唤浴蚕去，闲看中庭栀子花"，栀子花喜欢温暖湿润的环境，江南的春夏会经常看到这种高洁亭立的花。诗句这种动静的质感跳跃，一下子就很想让人拥抱江南。春分时节，天气热闹，花开热烈，人心热络，总是很想到处走走。花开正浓，一往而深，抬眼就是绿意，回头就是花香的江南，正是适合春分启程的地方。

春下江南,是看油菜花最好的时候。古人春天的赏花不是观赏风景,而是生活方式。虽然园林草木已是几经更迭,但是遗留的大量诗词园绘可以深切感知文人园居行为模式中花木的重要作用。唐代温庭筠的《宿沣曲僧舍》:"沃田桑景晚,平野菜花春。更想严家濑,微风荡白蘋",宋代王之道的《春日书事》:"清明过了桃花尽,颇觉春容属菜花",清朝的《凤池园记》中记载:"石桥宛转,陆居似舟,榆槐夹路,薇花对溪,俯菡萏之清渠,涉芙蓉之幽涧。"其中的"薇花"据说也是指的油菜花。好像春风就这样一点点从唐宋文明的文字中俏皮扑面,花香泉意即刻穿越古今绕梁而至。

春分气温回暖,微风拂面,乖巧得也不恼人,烟火气夹带着花香浓,风雨氤氲,疏篱草香;两三天就有一场雨,石板路旁雨檐声声,好像旧时老友,相对无言,却早已天阔云淡。顾城曾经说过,中国人创造了两个理想:一个是山中的桃花源,一个是城里的大观园。大观园纵使美得风情万种,始终不敌自然馈赠的江南水乡,春分一到,这里的土地,就有种唤醒琥珀中的虫草之力,满眼的金黄,好像歌剧的咏叹调一样倾泻而来。我以为春天人的心绪就像不断增强的暖湿气流,经过了一个冬天的沉寂压抑,总想不受拘束地闲庭信步、袅袅婷婷,因此心动给了行动最直接的理由,而碰到好的风景,情愫机制自然就触动了。

这个时候的江南气温已经在大幅回升了,春天的地盘迅速扩大北上,湿润温暖的环境给油菜花的生长提供了极佳的条件,油菜花也抓住这样的时机用饱含了一个冬天的热情，开始在春季疯狂生长。春分时节，天气表情还很乖戾，而性格好、体质强的油菜花给了这样天气一个很好的情绪转接口。中国和印度是种植油菜最古老的国度，油菜是抗寒力比较强的植物，在5 ℃以上的环境就可以生长，12 ℃—20 ℃就可以开花。秋收之后，江南一带温度和降水条件都不再适合种植水稻，但是越冬前可以大范围种植油菜，所以在来年的春分时节，江南的最高气温恰好在15 ℃—20 ℃上下，我们可以看到油菜大规模开花，油菜籽还可以榨油。一片小小的油菜花海，可以看到一种经济文化以及人文科学的双重自信与价值。

油菜花的花语就是加油。我喜欢油菜花，它不娇艳，也不娇气，倒是有一种骨子里的骄傲不屈。相比于蔷薇科的桃李杏梅樱，十字花科的油菜花更加质朴坚韧，它的花期很长，可以不遗余力地一口气喝干春天的所有豪情，再等待一个好天气和最好的你相遇。漫山遍野地生长，虽无归期却有来意，既有宏观的壮美，又不输微观的雕琢。油菜花的花蕊弯曲地紧凑在一起，好像在密谋这个春天闺蜜的小心事，四片花瓣，整齐地围绕在花蕊旁边，细细的纹络，匠心雕刻，浑然天成，坚韧的根茎、茂密的枝叶，忠诚又坚定地守护着油菜花。饶有趣味自顾自地盛开着，从3月上旬就零星开始绽放，一直会持续到4月中下旬，它的美，像云间的生命力一样，是无形却坚毅的，是优雅且从容的。

现在到江西婺源赏油菜花真的很方便，直接通高铁，但是高铁的时间到达就是下午或晚上了，如果想当天就开始游玩，那可以选择坐 Z 字头的直达车，也可以选择自驾到婺源：走东线从浙江衢州到婺源 150 公里，大概需要 2 个半小时；如果走南线从上饶到婺源，大概需要 3 个半小时，也可以选择西面的景德镇路线，景德镇的油菜花、古窑民俗这个时节都非常值得一看，然后再驾车一个多小时到婺源；或者可以先在黄山感受云海景观，再驾车 2 个小时左右到婺源感受遍地金黄。

　　沿途的风景，已经很是风景了。高速途中会经过九江长江大桥，这里可以隐约看到路旁的油菜花海了。春分时节，江南一带容易多雾，特别是早上和夜间，雾气弥漫中的油菜花海，色彩饱和度比较低，但也有另一种朦胧美的姿态，像是还没有揭开面纱的新娘，在水汽弥漫的江南清晨，娇嗔又骄傲地起身梳妆。婺源最出名的景点就是篁岭和江岭了，篁岭不仅在三四月间可以赏油菜，还可以在九十月份体味晒秋，一个是绽放，一个是收获，都是自然的色彩搭配，都是自然的生命张力。每次日出日落的时候，我看着天空的颜色，就感叹自然是如此伟大的色彩调配师。单单是褐色就可以分为"枣褐""椒褐""迎霜褐""荆褐""艾褐""秋茶褐""沉香褐""葡萄褐""苦竹褐"，眼前瞬间显现出大枣、花椒、荆条、艾草、茶和竹子，跳出一个个植物的具体形貌，简直就是色阶精准镶嵌的植物园。

　　有时候我在想，在婺源，或许每一种景观都是主角，它们彼此之间保持着很好的主体间性，并不是用各家的锅做各家的饭，而恰恰是一份精致搭配的美食，少不了任何元素的味道和配色，共同维系着这个业态景观的平衡和价值。远望梯田山脉，把一簇簇油菜花抱在怀里，还会时不时和旁边的桃花、梨花说说小情话，还有乡间小道边的獐耳细辛、草莓野果，在梯田的串联下，平静小乡村生出无言的喧闹。春分时节，江南一带春意盎然，冬的残留势力完全消退，这里时而和白雾缠绵，时而被霞光环绕，梯田真的是配啥都驾轻就熟，不愧是乡野风景里的唐璜。

篁岭在婺源的石耳山脉，三四月份这里的梯田地势因为花草的代言，显得高级大气极了。有徽派建筑的棱角之美，有花香鸟鸣的柔弱之美，有粉墙黛瓦的古韵之美，有油菜花海的色彩之美。配色和线条都像是经过了专业的策划和精细的打磨，一大片颜色中很多渐变性的挑染，然而当你的眼睛刚刚锁定了一种颜色之后，余光又被调皮的阳光狠狠地抽走了注意力，然后就这样呆呆地看着那些金灿灿的油菜花、粉嘟嘟的桃花、白嫩嫩的梨花，一切的回忆和现实都变得不再重要，此刻，当下，就想这样醉倒在春风里。据说现在还把直升机和 VR（虚拟现实）技术融入其中了，让本来就美得不自知的画卷，又多了些许沉醉不知归路的诱因。

在婺源旅行，比较从容的旅行时间是两三天，相比于名声在外的篁岭和江岭，可以选择第一天的中午先到思溪延村走走，这里的山村不同于北方的红墙红瓦，这里更多的是依水势而成，房屋的走向就是穿村而过的溪水形象。婺源盛产樟树、松树、杉树，因此这里的特色木板桥，都是原汁原味用杉木建造的。在春分时节不那么强势的阳光下和不那么强劲的春雨中，石板桥和徽派民居反倒立意强大，立足深远。

其实作为婺源的邻居，浙江开化的油菜花一直有点"养在深闺人未识"的感觉,去钱塘江的源头开化乡间漫步,既有泉水叮咚、碎金点缀的亦步亦趋,又有山重水复、金玉满堂的大开大合。开化这时候气温比婺源略低一点,通常相差不到1 ℃,但春分前后和婺源一样都比较多雨,江南这时候的雨不像梅雨那么执念,下下停停反倒让油菜花娇艳欲滴,而且一般是早上或者夜间容易下雨,我觉得相比于多雾的清晨,夕阳的黄昏拍摄油菜花,天气更可控。在这里下午三四点钟的光线都是比较硬的,拍出的人物效果如果不加滤镜的话,不够柔和,等到五六点太阳下山的时候,寻找一个地势高点,可以作为夕阳很好的拍摄地。

赏花,是心情和时间惬意柔和调制的感官产物,不宜太赶太急,也不能太漫不经心。时间和地点都可以提前做好规划。除了婺源,这个时候还可以去重庆潼南乘船感受金色海洋的油菜花,如果想去云南罗平感受经典喀斯特地貌的油菜花海,就得更早点动身,差不多每年二三月份;或者再晚一点,四五月去贵州贵定感受油菜花和梨花、李花相融在一起的"金海雪山"。北方也有赏油菜花的好去处,只不过油菜花的花期就更晚一些了,青海门源和内蒙古呼伦贝尔都有大片金色的油菜花海,等到7月中旬前后,邂逅的满城金黄,就是一派北国风光了。

春分时节下江南赏花,是你和花共同的情感盛世。

每年三四月份，是最适合忘掉悲伤的季节，因为曾经相同的路上，路过的风景却是簇新的。不过太阳终要沉落，花朵总要凋谢，看着没入天宇的云雀，或许这是自然最美的收梢。

4月，当然是赏樱花的时候，樱花的花语是爱与希望。我一直在想为何每年的樱花季，总像热恋的男女一样，爱与恨都如此声势浩大。人与人的交流是语言的置换，语言的浪花有时候奢华而徒劳，从抽象到抽象，心，终究走不进另一颗心里；但是人与花的对话，却是风物在人心的成像，从具体到抽象，是辨识度极高的"温柔耳语"。虽然每一朵樱花都娇娇嫩嫩、萌粉萌粉，可是花团锦簇后的绽放，那种约好齐发的响亮，就能把麻木的心情像创可贴一样狠狠撕开，带来的是生命全新的觉醒，好像在花开的柔美中，听到了筋骨舒展的劲脆。

樱花的盛放时间只有一周左右，她们喜欢阳光、喜欢湿润，在江南恰好的春光里，静候着节气的脚步，春分和清明相约走来的时候，她们就肩并肩狠狠盛开，不顾后果地，拼尽全力地，轻巧甚或执念地去穿越金雾，亲吻自然。赏樱看的是风景，而风景里面，是爱。

樱之博爱

很多年我都想在春暖花开的四月天，去武汉大学走走，看看为何这里的樱花那么美。虽未成行，却研读了不少樱花的故事，如果说日本的樱花想让你聊聊爱情，那武大的樱花，让我更想谈谈爱。

《樱大鉴》记载，日本樱花是起源于我国喜马拉雅山区的野山樱。最初的樱花，就是以山樱与野樱为代表的中华樱花。日本樱花大约在宋代时开始栽培，一代代改良，形成现在日本著名的樱花。它和中华樱花最大的不同，是日本樱花花瓣为重瓣，而我们国家那时候的樱花多为单瓣。早在秦汉时期，樱花已在中国宫廷内栽培，唐朝时樱花在大街小巷几乎随处可见，还时不时蹦到唐诗宋词里花语留香——唐代诗人元稹曾言："樱花树下送君时，一寸春心逐折枝。"南唐后主李煜语："樱花落尽阶前月，象床愁倚薰笼。远似去年今日，恨还同。"

从气候和地理条件看，武汉最好的赏樱时间在温和湿润的3月下旬春分时节。武汉和日本在同一条狭长的梅雨带，因此气候有很多相似的地方，但因为日本受海洋的影响，升温降温通常都比内陆的武汉要慢一些。所以当春天唤醒武大樱花的时候，在大阪、京都一带的樱花往往还在春风里睡着回笼觉，待温度再高一点的3月底4月初，她们才决定翻个身在雨纷纷或者明灿灿的清明时节，跳一段酝酿已久的樱花盛舞。

从人文历史角度层面，武大的樱花更多体现的是一种博爱的情怀。1938年，日军侵占武汉，武大师生被迫迁往四川，留守几名教员和日本交涉护校。当年武汉还有其他国家租界，需要稍稍低调遮掩一下侵略者的狰狞面目，所以在当时，日本没有对武大进行大规模破坏。日本从古坟时代一直到奈良时代的500多年，他们模仿魏晋南北朝至唐朝时期的中国园林风格，修筑了很多庭院、寺庙，大多讲究势脉平衡，不求轴心，只求劲拔向天的风格精神。后来他们觉得珞珈山景色不错，只是缺少花草林园，因此就在武大文学院前，也就是今天武大的樱园大道，大规模种植樱花。武汉的樱花虽然最早是日本人种植的，但樱树的寿命大致只有几十年时间，因此到了20世纪最后10年，武大校园里当初栽种的樱花树已经留存很少。樱花再次来到武大珞珈山，已经是30多年以后的事情了。但日本捐赠的这1000多株"大山樱"已非国耻的印记，而是和平与友谊的象征。后来武大的师生们又引进了更多的樱花品种，经过多年来的培育已经形成很大的规模。现在去武大校园看到的樱花是以日本樱花、山樱花、垂枝早樱和红花高盆樱4种为主，总共有1000多种。所以我总觉得在武大校园的樱花，有一种更高远的民族情怀和包容开放的视野格局，她们的香气可载瞻星辰，也可载歌幽人，无问古今。

樱之浪漫

赏樱，在日文中叫作"花见"，动宾的倒置，使得语调里就带着花香，层层叠叠的花海，一浪浪地从日本的南端推进到北国。日本是狭长的岛国，经常是南边花香、北方雪飘，每年樱花开放的脚步就好像粉色的暖流过境，由温暖的日本列岛南边向北方浩荡绽放。

在第一抹花香醒来之前,往往1月末日本气象厅就会根据全国各地樱花开放的不同时间绘制出"樱前线"。近几年一般3月20日前后,福冈和名古屋的樱花就已经盛开了,福冈的樱花主要是染井吉野,就是我们常说的吉野樱,日本樱花八成左右是这样的品种,"樱前线"就是以这种为指示标识。吉野樱的花瓣在新嫩的时候是那种特别好看的水粉白,然后慢慢盛开,白色更浓,就好像云中不知谁丢落的粉色手帕,飘着飘着就被春风吹得和云间同色了。

日本赏樱花的地方都各有特色,要说最浪漫的我觉得是京都岚山。而按照每年的"樱前线"预测,一般清明前后来到京都、大阪、仙台一带都是花逢其时的最美约定。岚山春天赏樱花,秋天赏红叶,过去的王公贵族经常在岚山脚下的大堰河轻舟游荡,绕着渡月桥感受粉色樱花海,这里有不同的春天里穿越古今的喜悦香气。这个渡月桥本身就暗示时光随"渡月"而过,爱情在落英缤纷里漫舞。当年仓木麻衣演唱过《渡月桥想念你》,是《名侦探柯南:唐红的恋歌》的主题曲,歌词使用了"唐红"这个意象,希望在歌曲中体现落英的轻羽飞扬和爱情的深沉浓郁。"唐红"这种深沉的颜色,让迷恋柯南的我寻思了很久,它到底是怎样的一种颜色。听着凄婉哀美的曲调,想到兰和新一之间那种永远兜兜转转的爱情,我在你身边,你却永远看不到我的脸。留下一句"等我",樱花已经开了又谢很多年,太平洋的风吹皱了眉间,可是我亲爱的你,还是没回到我身边。或许有一天我遇到了这样燃心的爱,方可悟出何为"唐红"之伤。

京都赏樱花不仅有岚山、清水寺这样人文的魅力，也有如京都伞松公园这种自然的壮阔和震撼。这里的汪洋绝景可以把樱花的柔美衬托得更加遗世独立。而这个公园赏樱也有一个凄美浪漫的爱情故事。据说在远古神代，日本的男神伊邪那岐，也就是日本神话的起源时代，在火影忍者中还有过关于伊邪那岐这个幻术的解释。他为了可以经常去看望女神伊耶那美，在空中架了一座大浮桥。有一天浮桥塌垮，伊邪那美就掉到了人间。这就是现在的天桥立。悠悠神代，时光走了，爱还在海里，在花香里，在我们感同身受的风景里。

在距离京都一个小时左右车程的奈良吉野山赏樱花，就是作为浪漫爱情的另外一种打开方式了。这里感受的樱花是云海间的气势磅礴。从千年以前的平安时代开始，这里就开始栽种樱花，而且在日本最早的诗歌总集《万叶集》中被反复颂咏。2019年，日本的新年号"令和"就是出自《万叶集》中"初春令月，气淑风和"。不怕冷的话可以选择在早上雾气弥漫的时候开启赏花之旅，说不定还能看到云海樱花。我们当时在吉野山千本停车时，几个执着的摄影家已经在寒气森森、云山雾绕的山里等待云海出现。京都、大阪、奈良最佳的赏樱时间差不多都是4月上旬，这时早晚天气还是比较冷的，山脚和山顶的温差更是差别很大，吉野山顶很可能还会飘雪，在山脚下还闻着春天花香的你，可能很快就要穿越在山顶的冬季，弹唱粉色恋歌了。

吉野山赏樱的浪漫除了这里的云海，还真和"吉野家"的牛肉饭有点血缘关系。吉野家的名字就是来源于日本的吉野山地区，吉野家著名的牛肉饭中也有当年爱情的味道。源义经是平安时代末期的名将，传说12世纪末他的爱妾在掩护他避难的时候，在吉野山把制作牛肉饭的技巧教给了当地居民，于是牛肉饭成为当地的特产美味，吉野家的名气也就这样岁岁年年随着樱花香，越飘越远。

如果赏夜樱花，浪漫就更妙不可言了。可以来大阪造币局的樱花大道，这里每年樱花开放的夜晚还会点起"雪洞灯"，有点像我们说的孔明灯，使用纸或者丝绸制作灯罩的夜间照明的灯。东京的目黑川，流淌在涩谷和目黑区之间的水道，在每年的樱花季，就会华丽转身把既风情又温情的夜樱纷然飘落水面的一幕幕，悄然夹入指尖，莞尔仰天吐出一片片轻袅的云雾，绝尘凡念。早些年热播日剧《最完美的离婚》有一句话："我搬进了种满樱花的街道上，却嫁给了不喜欢樱花的人。"剧中男女主角就住在目黑川旁边。也不知道这句话戳中了我的哪根神经，反正就一直记了这么多年。

樱之味道

其实，樱花最初并不是以"赏"为主的。日本最古老的史书《古事记》提到樱花大都和祭祀有关，后有学者分析，樱花或发轫于辟邪，春季多病，樱花有结束瘟疫之说，也有五行之意。《作庭记》提道："惟古人云，樱树应种在东面，枫树应种在西面。"而在西晋左思的《三都赋》中有"朱樱春熟，素柰夏成"，朱樱和素柰都是一种水果。樱在古代很久都是食果为主，赏玩为辅。

樱花果可食用，花也满身是宝。入药有宣肺止咳的功效，而且樱花还可以美容祛痘，春天很多人容易花粉过敏，敷一张樱花精油的面膜还有消炎美白的作用。李时珍在《本草纲目》中有过这样的描述："本小实大，甘甜，味美可食，达条扶疏而下。"从最后一句来看，这应该是一株垂枝早樱。

每年樱花季日本都会特意定制精美的伴手礼"樱饼"，使得樱花鼻尖的香味又偷偷潜入到了唇间。樱饼有关东、关西两种风格，关东是以小麦为饼皮的主要原料，关西风格则被称为"道明寺派"，是晶莹剔透的水糯米包裹着香软糯香的红豆酱，最后外面一层再镶一枚樱花叶。对霸道总裁的送礼风格算是稳稳拿捏了。而在武大校园外的茶楼，三四月间可以品到正宗的樱花茶，是用樱花盛开时的花瓣腌制而成，透着樱花特有的清香，可以加点蜂蜜，喜欢酸一点的口感呢，加入一点梅子也是极好的，浸泡时樱花漂浮在水面上，试探性地舒展开凝脂的花瓣。这一幕，让我想到柯南《迷宫的十字路口》中，灵秀乖巧的小和叶唱着《丸竹夷》，在京都漫天的粉色樱花雨中快乐地拍着皮球，风柔柔地吹过她的发丝，一两片樱花调皮地落在她粉白的衣领上……此刻，动容的不仅茶水，情起的又何止人心。

谷雨心无惧

谷雨不语，风筝细语。我知道节气是因为风筝。"我的家乡是世界风筝之都——潍坊"这是我小时候写作文最喜欢用的开头。每年的 4 月 20 日是国际风筝节，这个时候的潍坊总爱下雨，湿冷的感觉非常明显，落在身上冰凉冰凉的。后来有了节气的概念，就一直纳闷为什么每年风筝节，"姓谷的雨"就善良地滋润庄稼，却总是无情地欺负我们家风筝。

　　小时候几乎每年都缠着妈妈，风雨无阻地带我去看风筝节开幕式，妈妈在风雨中牵着小小的我，我的眼里倒映着一片奇妙的天。风筝们仿佛徜徉在一座雨中忘记关门的天上动物园，有蜈蚣、燕子、蜻蜓、蜜蜂、蝴蝶、金鱼；又好像变形金刚被雨水淋坏了程序，都飞到天上了，滑翔、翻筋斗、旋转、俯冲……看着天上轻盈的它们，似乎也听到了地上那些人们沉甸甸的心事，他们是否也和我一样，会想那些淋湿了翅膀的风筝最后会落到哪里呢？

　　谷雨，雨润百谷。不仅如此，雨水滋润的其实是天上人间。当你去远方走走，觉得谷雨时节的美，是自然含在心尖的，有点不舍，又遮挡不住地绽放。像待出嫁的姑娘，向往外面的世界，又万般不舍地留恋故土。有一些窸窸窣窣的声音，仔细听又听不到了，好像是雨前茶尖碰触雨滴又猛然含羞的声音，又好像是骑楼滚落的雨珠在地面瞬间弹起的声音，或者是大豆在泥土中蓄势待发拱出新芽的声音，杜鹃、牡丹开遍山谷姹紫嫣红的声音，抑或是风筝在风中逆风而行的声音。总之，看似到处的热闹，其实是含而不语的。越是这样，心，越想跟随着无惧无畏的风筝，去看看"别处的风景"，因为或许生活总是在别处。

谷雨不语，心有所"蜀"。相比较家乡的天气，谷雨前后的成都，则是一年中最舒服的时日。2020年谷雨前后，我恰好在成都。上次来已经是15年前的事情了，那个时候对成都深刻的印象就是这是一座"麻辣在舌尖的城市"。麻辣的畅快和生活的悠闲成就了这个"天府之国"。想当年春熙路的一碗"红油抄手"，让15年后的回忆里都能听到"滋滋"麻辣的声响。而这次，一个从小爱吃辣，却因为过敏不敢吃辣的人，此时到成都绝对是心理与生理的双重考验，但或许也因为这样，对这座城市记忆的精确度又往前推进了几颗辣椒的距离。

在唐宋以后才出现了对南方特定地区气候的记载，唐代《投荒录》，还有清代舒懋官主修的《新安县志》都对成都的气候有记载，此乃风雨温顺，气温舒和之地。

谷雨时节的成都真的非常舒服，气温在14 ℃—25 ℃，整个城市像洗干净的白衬衫在春风中旖旎轻暖。不过，这里是个阳光稀缺的城市，而每年4月下旬到5月上旬，谷雨期间，正是成都上半年光照最多的时候，平均每天的日照可以有4.2小时。而在成都的冬季，小雪到雨水期间，光照时长平均每天不到2小时。谷雨的成都，夏季的炎热没到，冬天的湿冷还尚远，一年中最舒服的日子莫过于此了。

宽窄巷子始于1948年，延续了清代川西民居的风格，仔细看古建筑的梁与柱衔接的地方，可以看到很有特色的"雀替"，在宋代称为"角替"。因为成都的气候比较潮湿，木质结构年份久了容易变形腐烂，雀替可以很好地增强梁枋的承载力。成都人喜欢过年腌制腊肉，年猪杀好后，将鲜肉串绳从梁柱上悬垂下来，用每次生火煮饭时伸出灶门的火舌和柴烟慢慢熏制，直到色泽金黄。因此为了美食，梁枋的支撑力也必须够。这种雀替垂花柱还有扇窗，从细节上融合了北方四合院和川西民居的特点，再现了老成都那种自观自足的生活韵味。果戈理说"当歌曲和传说已经缄默的时候，建筑还在说话"，因为这些架梁、脊兽、雀替等众多建筑元素本身就蕴含很多介质密码，在时间的无涯荒野上与古老的建筑静默相对，然后倾听：这里有哲学、美学、科学的不言不语，也有谷雨节气的欲说还休。

到现在可能很多人依然搞不清宽窄巷子是由"宽巷子、窄巷子和井巷子"三条并行的巷子组成。看到有一个婆婆挑着满满竹筐的麻辣兔头和冒椒火辣坨坨虾，从井巷子那边颤悠悠地走过来供货。在成都，其实"辣"，不仅仅是才下舌尖又上心间，辣这种感觉，更像是谷雨之雨，是融入万物的，是有重量、有形状的。婆婆说如果赶上旅游旺季，几十斤的麻辣串串香十几分钟就断货，她们就这样挑着扁担往返于宽窄巷子，年复一年，用自己辛勤质朴的劳动，满足着天南海北食客的好奇心和口腹欲。我们在宽巷子的一家可以看川戏表演的餐厅坐下，点了几个特色美食，为了照顾不敢吃辣的我，特意点了一份"千万不能放辣"的烤鱼，而端上来看到上面厚厚一层青辣椒的时候，我苦笑着摇头拿起了主食菜单。在成都所谓的"不辣"状态，就是红辣椒暂时退场，随热气上下翻腾的青辣椒唱个主场。

我忽然想到了家乡的风筝，风雨欲来的时候，在天上的它们也是这样上下俯冲的。说到主食，好像给成都人一点糯米，他们就可以给你整个世界，这里的红糖糍粑、糍粑冰粉、三大炮、叶儿粑，还有相当硬核的甜烧白，看名字我每样都想品尝一下，不过最后还是觉得甜烧白最好吃，肥而不腻的五花肉夹杂一层厚厚醇香的红豆沙，在瓷实紧致的糯米饭上乖巧顺从地平躺着，等待上面或来一撮白糖或者加一颗红枣，造型和味道在春天最后一个节气谷雨，就都齐了，而我所有对辣的不满足，也都在这狠狠一口的唇齿留香中，气定神闲。

来成都不能吃辣，自然不能再错过茶。之前听人说成都是个大茶馆，茶馆里有个小成都。如果抛开川菜、川剧、蜀绣归源地的身份不谈，其实在成都这几年快进突围之下还依然有着濯濯其然之心。在谷雨时节，漫步在杜甫草堂或者那些老旧却韵味十足的茶馆，和自然聊聊"天"，更能体会"座中醉客延醒客，江上晴云杂雨云，美酒成都堪送老，当垆仍是卓文君"的深刻见解。谷雨时节的成都，晴雨交替，明亮的晴云夹杂着雨云，虽然当时李商隐是比喻边境军事的形势变幻不定，但也真实地还原了此时的天气，时而湿漉漉，时而明晃晃，时而辣嗖嗖，时而茶幽幽。

春天栖息在农家里，春天游戏在渔船上，春天浸泡在成都的茶馆里。据说中国最早的茶馆就起源于四川，清末成都街巷有

500多条，茶馆就有400多家。去过广州喝早茶，也到过杭州品春茶，但是成都的茶更多的是代表这个城市执着专一的态度。青砖加木质结构的四壁斑驳破旧，脱落的石灰墙中依稀可见打底的竹篱，桌椅横不平竖不直，切割反衬着漫不经心投射的光线，这种半晨半暮的状态似乎最能符合盖碗茶宫廷花鸟、层次鲜明的气质。据《茶经》记载，茶具有25种，一般可按造型分为碗、盏、壶、杯等几类。成都的盖碗茶把茶的鲜、爽、活的船茶文化全都激活了。老虎灶上冒着热气，唯恐不热闹的大铜壶，让滚烫的开水从长嘴壶中飞流直下，舒展眉眼的茶叶在开水的冲击下忽然局促翻转，继而又安静潜于盏底，黄绿喷香的茶汤，趁着好时光，便一切都刚刚好。

张衡《归田赋》中写道："于时曜灵俄景，继以望舒。极般游之至乐，虽日夕而忘勤。"谷雨时节的成都，就恰好还原了这种春天夕阳西下、皓月升空、嬉游极乐、夜来还不知疲惫的情景。盖碗茶、摆龙门、听评书这些习俗一直闲庭信步地走在老成都悠闲的时光里，多的雨水挤不掉，少的雨水也吓不跑。无论是在家乡潍坊还是在成都，谷雨不语的四月天，其实一直都轻声哼着细雨如愿的小情歌，已然，心无惧。

普罗旺斯，寻香而往

为什么当我哀伤且感到你远离时，

全部的爱会突然来临？

——《我们甚至失去了黄昏的颜色》

夏天就想在低矮的门口坐着，被明晃晃的阳光照着，眯起眼睛看草结种子，风摇叶子，花抖机灵。爱上普罗旺斯，是因为刚上大学那会读到彼得·梅尔那本《普罗旺斯·山居岁月》，淡紫色的封面和飘着薰衣草香气的文字，让我有一种想把南法的美景一口气吞下的冲动。就好像法餐吃到最后，还意犹未尽，掰一小块面包，把最后一点盘里的酱汁也一起浸满舌体，让美食的灵魂在真正的"空盘"里轻盈起舞，让普罗旺斯的那一年和一望无际的薰衣草田，在想象中不慌不忙地长大。

从立夏到小满，从小满到芒种，天光渐长，薰衣草也好像唱着《蝴蝶夫人》的咏叹调，把时光一寸寸晕染成好看的紫色。日本赏樱花有樱前线，而法国看薰衣草也有旅游局每年根据天气变化，专门推出的薰衣草之路：Routes de la Lavande。踏着这条路，可以把对美浓郁的渴盼，稀释进6月到8月夏天的时光，这样再渗析出来的回忆，更澄澈。

薰衣草看上去花期比较长，可是对环境还是很挑的。它很聪明喜欢冬暖夏凉的环境。现在我们国家盛开大片薰衣草的新疆伊犁河谷，在50—60年代就因为动辄就有低于零下30℃的严寒，而根本不能让引进的薰衣草存活。不过紧邻地中海的普罗旺斯恰好满足这样的气候条件：夏季炎热干燥，冬季温和多雨。而这种温度也特别适合葡萄生长，所以在南法的卢瓦尔河畔，6、7月份既有薰衣草香又飘着悠悠淡淡的葡萄酒气，因此卢瓦河谷产区的长相思绝对占据法国酒文化中的C位（中心位置）。普罗旺斯人爱花香更爱美酒，在萨瓦兰写的《厨房里的哲学家》中曾有这样的故事，甜点后主人上了一盘葡萄，客人嫌弃地说："我可没有把酒做成小球球喝的习惯。"

薰衣草除了对温度要求高，对土壤光照也有高标准。普罗旺斯是从地中海延伸到内陆的丘陵，坡度缓和，土壤的水分相对稳定充足，薰衣草就喜欢这种疏松、透气、深厚的土壤；而普罗旺斯的日照达到每年2550—2900小时，折算到每天平均7—8小时，和我们国家新疆吐鲁番相当。因此似乎可以说，是薰衣草在某个斜阳酒香的黄昏深深爱上了普罗旺斯，一个是小娇情，一个是够慷慨。

普罗旺斯其实是一个地区，有点像我们国家华南、江南地区，它包含6个省和一两百个小城镇，年龄都不小了，像是因凡·高而出名的阿尔勒就起源于古罗马时期，而因为薰衣草点击率极高的阿维尼翁，是沃克吕兹省的一个首府。如果把最适合观赏薰衣草的瓦伦索勒比作法餐主菜，那阿尔勒和阿维尼翁就是一前一后的头盘和副菜，不抢镜也不可缺。阿尔勒距阿维尼翁大概20分钟车程。阿尔勒不大，但是两三天泡在这里你都不会觉得腻，好像罗纳河的水把南法的慢生活时针，又轻巧地推后了几个钟头。《罗纳河上的星夜》和《夜晚的露天咖啡馆》都是凡·高在这里创作的，凡·高在这里找到了生命最后的色彩，而你可以在这里找到最初的自己。

　　六七月份在向日葵和薰衣草的花香中，再感受一下阿维尼翁盛夏的戏剧节也是混搭的绝配，6月这里的平均最高气温在27 ℃—28 ℃，阳光下呆呆地坐着，来一瓶"长相思"，搭配地道的鹅肝，就着地中海风，闻着薰衣草香，就会傻笑很久。这里你的视线所及就是最好的"大众点评"，哪怕一个最不起眼的小酒馆，鹅肝的水准都不会差，一般是"Mi-cuit"（半熟）鹅肝，用温热的刀切成片，可以选择搭配刚烤制的面包和无花果酱，也可以把鹅肝切成小块儿，和醇香的米汤烹饪在一起（之前在国内没有尝试过），然后搭配由樱桃和奶酪调配的精美酱汁，肥软浓香的鹅肝遇到了甜香骨感的米粒，鹅肝在口腔里迅速化成汁，在米汤的耐心消解中，孕化出一种持久的清甜。好像阿维尼翁的夏天就是一幅流动的画，画里有薰衣草、鹅肝和美酒一起吹着海风，慢慢变老的时光。

　　阿维尼翁人气高，更因为它是观赏薰衣草的中转站。到这里以后有3个主要选择：塞南克修道院、瓦伦索勒和索村。塞南克修道院和瓦伦索勒的薰衣草花期差不多，最好的时间是每年6月到7月中旬，索村海拔比较高，它的花期会推迟到8月，像2019年法国夏天多地的气温都明显偏低，6月的巴黎和我们国家华北一带春末的感觉比较相似，可能部分花期会更晚一点。想要避开人满为患的阿维尼翁，从东边的尼斯开始南法自驾之旅也是个好选择。尼斯 6 月份的平均最高气温还不到 25 ℃，早晚只有 17 ℃—18 ℃，平均一个月只有三四天下雨，阳光充足，随便伸个懒腰配上美景，都是一张明信片。从尼斯经过圣保罗·德旺斯，再看看圣十字湖，最后来到瓦伦索勒大本营看薰衣草。当然如果不是自驾，完全可以由尼斯坐观光火车到达迪涅莱班，这是法国最著名的火车景观线路，盛夏两边都是薰衣草花田，全程 3 个半小时。迪涅莱班距离瓦伦索勒也只有 45 分钟车程。

瓦伦索勒是一片高原，海拔不到 600 米，5 月末 6 月初的最高气温在 26 ℃左右，因为地形原因，这里的降水比阿维尼翁要多一些，不过阳光依然给人永远在线的感觉。在这自驾真是体会了山路十八弯的颠簸，不过花香反而在这种颤颤悠悠的旅途中变成了一种结实的底色，离开时已经太不习惯。对这里的居民而言，薰衣草也早就不是风景，而是一种生活方式，薰衣草田就像我们的油菜花那么普遍，很多居民都是薰衣草世家，以种植薰衣草、提炼薰衣草精油为生。在 16 世纪中叶，凯萨琳女王从意大利引进穿戴香料手套的风潮，而且还有自己专门的调香师，使得精油开始风靡南法，普罗旺斯也成为无数人心中的精油圣地。这里随便一条路都是薰衣草大道，在瓦伦索勒的 D6 和 D8 公路徘徊，尽情感受金黄色的麦浪，橙黄色的向日葵，香芋紫的薰衣草。但是这里的阳光真是爆发力和持久力都非常好，6 月的平均日照时数每天在 10 个小时左右，这里的黄昏，是我们曾经的夜晚，拍出高级脸背后的秘密,就是选择晚上八九点拍照,照片上你的脸是自带美妆效果的通透得很高级的珊瑚红色。而白天拍照,你的表情动作真的会被如此浓烈的阳光推挤出地平线。

日日夜夜都是薰衣草的眼睛和顿顿装满鹅肝牛肉的肠胃,很想提议来点轻口味的蔬菜和甜点,比如你忽然在紫色的路边,看到了一家彩色的冰淇淋百年老店:Fenocchio。上百种不同口味,而且还有专门的花卉类熔岩蛋糕。熔岩蛋糕最早是出自法国著名大厨米修布拉斯的创意,其中的含奶量远低于美式和意式冰淇淋,所以就算在炎热的南法,冰淇淋也并不容易很快融化。我尝试了一下薰衣草口味的,吃着远不如看着优秀。说到在普罗旺斯吃蔬菜,有点像在北京簋街非得来盘儿拍黄瓜,不是说不可以,就看你图啥。我记得之前读彼得·梅尔的《愿上帝保佑法兰西厨子》中曾说,法餐料理中蔬菜从未缺席,但好的蔬菜厨师从未有一席之地。但当你真的踏上这片土地,品尝到正宗的盐焗红菜、烟熏欧芹、炭烧洋葱,你忽然顿悟,所有烹调肉类的手法,都可以用于蔬菜,那一刻,或许你才真正理解了法餐那回眸一笑的娉婷和放恣。

普罗旺斯的风景是属于四季的。冬天,薰衣草剩下短而整齐的枯茎,覆盖着干净的白雪,好像一排排可爱整齐的小棉签;春天一到,就开始冒出绿芽儿,说实话如果四五月份去南法,您看到的很可能是一片片绿油油有些凌乱的"大葱头",薰衣草虽然现在叫作 lavender,但最早 18 世纪的普罗旺斯地区,薰衣草是被称为"epi",法语有"一绺儿乱头发"的意思,不知道起名的时间，是不是有点蓬头垢面的薰衣草"小时候"。6月会变成那种渐渐晕染开来的藕荷色，借着充足的阳光，泛着好看的象牙紫，到了七八月天气变得更加炎热干燥，薰衣草才会变为高贵的深紫色，搭配着日不落的地中海风，镶着一道道好看的夕阳金边。

忽然体会到多年前那些存在脑海里以为没长大的画面，早已经生根发芽在你眼前一一展现。可此刻你又如此害怕失去眼前的一切，就好像聂鲁达的诗《我们甚至失去了黄昏的颜色》：

彼时，你在哪里呢？
那里还有些什么人？
说些什么？
为什么当我哀伤且感到你远离时，
全部的爱会突然来临？……

寻香而往，就像对青春已逝的回望，是由大段大段说不清道不明的颜色密密地斜织成的。而那些色彩有些是短暂的激情，也有些是拖着尾音的忧伤，总在你想寻觅具体一种色彩的时候，它会把你拉进一股时间的漩涡，你期待着某个只言片语能让回忆显灵，很可惜往往是那些毫无意义的闪回和空洞自大的光线，照着那个想学大人说句漂亮套话，却总是摔倒在浮夸情话里的你。

或许不是你对生活爱得不够深沉，而是你刚刚才深沉地明白了生活。美到高饱和之后的幻灭感，其实有点危险有点酸。

小满，云起麦酒香

南方雨满江河，北方麦齐凭栏。小满，对于中国南北方，"满"的意义和期待是不一样的。在华南和江南，所谓"小满江河满"，是指5月下旬到6月上旬，是雨季的巅峰阶段，强盛的降雨使得江河水位上涨，又恰逢端午前后，此所谓"龙舟水"。小满对于南方更多的是"点水荷三叠，依墙竹数竿。乍晴何所喜，云际远山攒"；而在北方的满，更多的是人们对于庄稼即将成熟的期待。在黄河流域，此时小麦进入灌浆乳熟期，麦粒日趋饱满，即将成熟，人们充满了对丰收的期待，因此欧阳修有诗"最爱垄头麦，迎风笑落红"。

有小雪、大雪，小寒、大寒，为何只有小满，没有大满呢？自然每一个朴素的选择，都蕴含着古老的智慧。小满，麦粒渐满，等到所谓的"大满"，勤劳的人们却要开始"芒种"了。这种跟着季节推进的动态平衡，是古人勤勉又智慧的生存法则。昆曲《牡丹亭·惊梦》中曾描述"摇漾春如线"，春风吹着柳丝，把画风从初春的碧绿转到暮春的翠绿，继而把春的线条隐退，就把风交还给浩荡的夏。

风抚云雾，未成曲调先有情

都说"春争日，夏争时"，而在小满时节，恰有那么一处与世无争,却让人心生"大满"之地——青岛。此时来青岛,你可以不看花、不听海,就静静地感受花非花,海非海的轻雾仙境。这时候的青岛,不像春天那般调皮躁动,好像提前已经在微醺啤酒香的盛夏之夜摆好了姿势。

自古南风是可以带来丰饶物产的,先秦就有"南风之薰兮,可以解吾民之愠兮",白居易也有"夜来南风起,小麦覆陇黄";而南风其实还可以带来清凉:"南风不用蒲葵扇,纱帽闲眠对水鸥","阶下蓂荚生,琴上南风薰"……青岛的6月就因为吹着湿凉的南风而格外舒服。因为有黄海较冷的海水调节,当吹起南风,山东内陆是干热的,而青岛是凉爽的,往往会比山东内陆气温低10 ℃以上。2009年6月25日,山东潍坊的最高气温是41.4 ℃,但是青岛的气温只有27.1 ℃,两地相隔只有100多公里,却一个苦在盛夏,一个乐在暮春。看来最遥远的距离,是你我隔着一片海。难怪要"漂洋过海来看你"才是懂爱的人。

6月份因为黄海海温低,南方的暖湿气流到了黄海,大气承载水汽的能力下降,就会凝结成雾。这些雾气,随着南风吹到青岛陆地上就形成了平流雾,平时看多了太清晰的风景,青岛的6月,在朝阳和暮霭之间的薄雾中,却也透着倔强又好看的生命光亮。柳永在《女冠子》中曾说:"夏云忽变奇峰、倚寥阔,波暖银塘,涨新萍绿鱼跃。"平流雾有点像山间云海,虽然两者外观形似,可是区别很大,平流雾是近地面的水汽凝结,而云海一般出现在800米到1200米,而且夏季并不容易看到。平流雾最大的特点就是层次分明,好像海上吹来一层丝丝蔓蔓的薄纱"处处齐纨动"

听"罢晚妆"的朱楼喃喃倾诉。有些熟悉看不见了,让想象的陌生之美在云端探出半张娇颜。"栈霜朝似雪,江雾晚成云",这样的说法来形容平流雾真形象。

每年五六月正是青岛雾最多的时候,温度不高,光照柔和。真正到了暑假的七八月份,那时候黄海的温度升高,一方面雾少了,另外,南风带着湿热的空气裹挟而来,青岛会变得闷热,有时青岛8月的闷热,可以比肩南京等火炉城市。

晴日暖风生麦气,酒香不识归路

小时候最开心的事情,就是夏天爸妈带着我坐上那列晃晃悠悠的绿皮火车,去青岛吃最时令的海鲜。对爸爸而言,最快乐的时光,莫过于吹着海风配上几扎地道的青岛啤酒,再佐以成盆的小海鲜。我会用自己的小书包装满各种路上的零食,趴在窗户上安静地看风景,当一成不变的铁轨越来越复杂多变的时候,我知道列车要进站了,窗外的风景也一下子由大片金黄的庄稼变成更大片碧蓝的海水了。

其实青岛最初就是一个小渔村。《胶澳志》说:"青岛村,初为渔舟聚集之所,旧有居民三四户,大都以渔为业。"去青岛,爸妈都很少带我去栈桥、石老人这种游客打卡地,我们往往会选择一两个古风小渔村,然后坐在渔民的船里撸起袖子吃着刚刚捕捞的海鲜,再来上几扎地道的青岛啤酒。五六月份的青岛海边,美好的时光是超长待机的,从中午慢悠悠地晃荡到日落,大海飘来荡去就把夕阳揽入怀里寻不着了,我们的船摇啊摇,南风吹来的云雾逐渐给风景做了诗意的雾化，这些铺天盖地的水分子和啤酒晃起的层层白沫争先恐后地交织在一起，把夏日的酒香送出好远，视觉这个时候反倒成了食物和唇舌之间的第三者。

海水吞没了最后一丝光亮，紧接着又吐出一颗颗夏夜棱角分明的繁星，照亮着赤足走过沙滩总想写尽寰宇的诗人的前路。

小满，稻谷虽未溢出，但麦粒已渐饱满。对于二十四节气发源地，以面食为主的山东、陕西、河南来说，这是意义深远的。小麦的栽培已经有10000多年的历史了，是我国重要的谷类作物，而大麦比小麦成熟的时间还要早一些，因此山东一带的大麦在小满期间即将或已经成熟了。大麦与小麦的营养成分相似，但纤维素含量略高，因此大麦直接入口并不讨喜；同时，大麦含谷蛋白比较少，因此，我们做面包一般都会选择谷蛋白含量高的小麦面发酵后享用。但大麦的麦芽，却是酿造啤酒的主要原料。小满之后，踩踏着时起时伏的阵阵麦香，啤酒的香气更是高调地驻扎在了那些喜欢热闹人群的味蕾之上。

啤酒的起源和谷物的起源是紧密相连的，大约公元前3000年前，位于今天伊拉克境内的苏美尔人，据说是世界上最早酿造啤酒的民族。最初的啤酒是在里面加入蜂蜜和枣来调制口感，后来在公元9世纪，人们开始在啤酒的酿造中加入啤酒花，一是口感更好，再有就是可以延长储存时间。啤酒花有一个有点厉害的学名叫"蛇麻"，这种长得有点像"绿菠萝"的花穗才是啤酒的灵魂。十五六世纪，啤酒曾一度代替水，成了远航船只不可缺少的重要储备。19世纪，德国啤酒利用优质的大麦原料和独特的酿造工艺异军突起，在青岛开办"麦酒厂"，这种"麦酒"，就是青啤的前身。

有人说青岛的上空，总是飘着啤酒花的焦香。这种香气的始祖或许是从北欧刮来的。在一个多世纪以前啤酒的生产完全依靠野生酵母，但它极其不稳定，一直到1883年丹麦人发明了"贮藏酵母菌"，啤酒的味道才更加的稳定、爽脆、新鲜。从早些年青岛街头塑料袋的散啤日常，我们仿佛就能感受到那一寸寸夏日天光，被豪饮到肠胃中的五味情长。下班约三五好友：哈啤酒、吃蛤蜊、洗海澡，就好像日本的居酒屋文化一样，青啤的历史和青岛这座城市一样绵长，伴随城市百年变迁，啤酒盛行于市井，依靠世俗生活的丰富而不断加冕，如今又和碎片化急速飞驰的时代撞个满怀。青啤，反而更加屹立不倒的是以齐鲁大地厚德载物的底气，稳步成就着这座城市的文化名片，款款地从城市一端，走向世界各处，然后全球的酒香都跟在后面焦灼飞奔。

如果说读雨果的珂赛特，勃朗宁夫人的十四行诗，带着点从欧洲冬季暗影午后走出来的深邃咖啡香，那夏夜一饮而尽的青啤，品的就是晴日暖风下的阵阵麦香。更多的是把别人的故事，在阳光下搅拌进自己回忆里的慷慨大方。时光老了，回忆还在，酒香也还在麦气雾涌夹道的路上。

后 记

我是一名天气节目主持人,在央视一套早间直播的《朝闻天下》天气节目中,按时履行着自己每天对大家的唤醒功能。都说主持人能说会道,而对于靠天吃饭的气象主播,还得能谈天论道。天给的灵感,不记录,是对有生之年的一种错付和愧对。

我的第一本书《季候电影院》是带着大家跟着节气的脚步看电影,那接下来《一个人的二十四节气》就必须讲点我和节气之间的私事了。但这本书既不是专业的节气分析,也不是纯粹的个人生活,它是我在不同节气、不同地点的一些心情采风和节气小趣。

我从小的梦想一直结结实实长在地上,就是想成为一个能站在舞台中央的人。压根没想到长大后这份职业契约是和天签注的。无论怎样,天地赏饭的舞台都是我该倍加珍惜的。自己最大的幸运就是,把从小的梦想一路攥在手心,任凭雨打风吹都和它并肩作战、互相取暖、双向奔赴,并使其变成了我赖以生存且乐在其中的一份事业。

在城市长大的我,很希望去触摸二十四节气穿越千年且历久弥坚的掌纹。在都市,对于自然每时每刻都悄悄泛起的变化,都是后知后觉的,总是先在心灵上觉察到一些莫名情绪的纷纷并线,然后才涌上感官显影。哦,又是一个新的春天了。

虽然这本书叫《一个人的二十四节气》,但严格来说,这并不是一年的二十四节气，历时四年多的反复打磨，我才终于舍得把这部分人事冷暖折叠进四季。所以看似线性的记录，呈现的却是时间轮回中的阴晴圆缺、风起云落。自然在转，我们在走，我们回不去的时光里，自然也未展欢颜。

近50亿年的地球上，我们总还是个新人，如此，那么多的嚣张霸道和不甘不满又是从何而来呢？二十四节气可以让我心甘情愿地在时空里款斟慢饮，把心事轻衔眉间，而非总是不自觉地就飞觥献斝、奔忙无序。在自然面前，谦卑是最安全的选项，文字把自然邀请进来，自然把情绪渲染开去。我们最终可以把欲望掐灭在自然的脊背上，从另一个维度看到世界的多一种可能。心，沾染了自然的智慧以后，变得安分和谨慎，对世间不敢有丝毫轻慢。

我总是在找一种合适的节奏和腔调，可以真实地、真诚地把你邀请进某一个节气中，这里的字句吹动的是某个滚烫的黄昏里，我们情绪不经意翻折起来的那一个边角。呈现二十四节气的方式有很多，但这份心灵日记，实际是一份情绪的特赦，光滑的或粗糙的，坚硬的或酥脆的，都是太阳下贴己的情话。

我很害怕那些高远辽阔的目标，越想依靠意志力解决的事情，越会最大程度耗损意志力。所以二十四节气是一段适合抒情又不会滥情的时间弧光，从"立春"，飞进房间那只小麻雀开始，忽然觉得已经看到了"大寒"的寒尽春归。

其实在写作过程中，内心还是很矛盾的。一方面我坚持要把这些文字写成书，是因为发自内心的热爱和责任，要让这些因情而起的文字，有实可触；但内心确实也有很多忐忑，毕竟不是气象科班出身，只是因为工作和兴趣而闯进了这片丰腴的节气天地。所以文稿内容才会反复修改，不断请教各方专家，为了一句话、一张图片我甚至成宿琢磨无法入睡。直到我写这篇后记，这样的情绪波动也并未减少分厘。但我想这个世界最后的宽容应该是留给一个人无害且真挚的热爱吧，毕竟我们就是靠着这份执着还在做一些不用取悦别人，只对自己和时光和颜悦色、有始有终的事情。

这本书的缘起是想在循环往复中记录与众不同。十多年来，我每天站在荧屏前和大家分享天气，没有一天是完全相同的，也没有一天是和之前完全不同的，有的人在里面建筑了心灵的安固住所，也有的人一直过得灵魂骨折、居无定所。我想，这就是时光迭代中给我们的智慧和信仰。

多年后，我越发觉得自己变成了一个装在天气里的人，思维要经过天气激活才能运转。天气预报中经常提到的"局部地区"有时候就是生活中最遥远的距离，你站在雨伞下，看对面在阳光里的那个人笑靥如花。对世界和人心一样，要多些敬畏和留白，保持一种适度的距离感才能有更敏锐和丰富的觉知，而这些是让我们可以一直不惧怕黑暗好好活下去的光体。

这本书分为"春夏秋冬"四辑：春之云中杏蕊、夏之气静崇兰、秋之桂魄凝霜、冬之天地厚德，还有专门的一辑是"踏着节气去旅行"。有了天气，就有了时空任意门。在北京的雨天，可以拥抱巴黎的阳光，可以在春天江南的油菜花海，感受青岛夏日的啤酒花香。这些交织的感受，是一张密实的情绪网，它打捞起那些日常生活中的丢帧，回忆的时候，我可以在这本时间日记中听到当年所有故事，平静幸福的一呼一吸。

总觉得用图片、视频来记录那些转瞬即逝的日子虽然当时冲击力大，但是不如文字的后劲儿足。这些长在二十四节气皮肤上的文字，是我和我的过去与未来最长治久安地感官连接，也或许会触碰到另一个平行时空的你，带着来日方长般默契的低语。那我想这就不是"一个人的二十四节气"，而是我们的二十四节气，我们的时间，我们的歌。

最初带领我走进二十四节气这片神奇天地的是中国"气象先生"宋英杰老师。他用极其深厚的学识修养和严谨专业的逻辑论述，让我感受到了二十四节气的丰富和魅力。节气的外围有很多人在指指点点，但只有懂阵法的人，才能真正走进其中为我们指点迷津。后来工作之余我努力攻读了文学博士，有幸结识了智慧和才华并举的导师路文彬先生，他赐予了我在人间行走的一件重要法器：文字。读过的书、学到的知识是永远不会背弃自己的如血肉相连般的亲人，在迷茫时就算不能一下清醒，至少不会很快迷失。只求可以从容地找到一种仰角里的稳态，那么一切就真的不会沉下去。

《一个人的二十四节气》需要你一个人读读看，我们身上会长出比太阳更高更亮的东西。

2023 年 5 月　　北京